Le Roman de Renart

Adapté par Laurence de Vismes Mokrani

LE DOSSIER

Le récit des ruses de Renart

L'ENQUÊTE

Hommes et animaux au Moyen Âge

Notes et dossier
Laurence de Vismes Mokrani
certifiée de lettres modernes

Collection dirigée par
Bertrand Louët

Hatier

Sommaire

Le Roman de Renart

ISBN : 978-2-218-99759-4

* Tous les mots suivis d'un * sont expliqués dans le lexique p. 119.

Qui sont les personnages ?

Les personnages principaux du *Roman de Renart* sont des animaux agissant comme des humains. Leur société est à l'image de celle du Moyen Âge. Ainsi, Renart, Ysengrin, Tybert... sont des seigneurs* et possèdent un domaine. Au-dessus d'eux se trouve Noble, le roi, auquel ils ont juré fidélité.

Les personnages principaux

RENART LE GOUPIL

est le personnage central, le héros des différentes aventures du *Roman*. Rusé et beau parleur, il ne cesse de jouer des mauvais tours aux autres barons*. Il lui arrive cependant d'être trompé lui aussi. Sa femme s'appelle Hermeline et ses enfants, Percehaie et Malebranche.

YSENGRIN LE LOUP

est l'ennemi principal de Renart. Il est grand et fort, mais il est bête. Renart se moque de lui pour le plaisir. Sa femme s'appelle Hersent.

TYBERT LE CHAT

est capable de ruse lui aussi. De plus, il est agile et possède de bonnes griffes. C'est un adversaire dont Renart doit se méfier.

CHANTECLER LE COQ
est le maître de la basse-cour. Il est entouré des poules qu'il doit protéger : Pinte, la plus belle, Noire, Blanche, Roussette, Copette...

TIÉCELIN LE CORBEAU
Renart aimerait bien le manger, comme les poules du poulailler ou la mésange perchée dans les arbres.

NOBLE LE LION
est le roi. Tous les autres animaux lui doivent donc obéissance. Chef du pays, il fait la loi et rend la justice, mais se montre parfois un peu éloigné des préoccupations de son peuple.

BRUN L'OURS
est grand et fort... mais gourmand. Et Renart sait exploiter cette faiblesse.

Les hommes

Des humains apparaissent parfois dans les récits : des vilains* (paysans), des marchands, des moines*. Renart exerce aussi sa ruse à leurs dépens.

Quelle est l'histoire ?

Les origines

Le *Roman de Renart* est formé de plusieurs récits qui ont été inventés au Moyen Âge, à l'époque de la société féodal Ces histoires étaient racontées oralement, de ville en ville, à un public composé de bourgeois et de paysans. Devenues rapidement célèbres, elles ont été transcrites sur des parchemins* aux alentours de l'an 1200.

L'action

Dans la plupart des récits, Renart cherche à tromper les autres pour leur voler quelque chose ou tout simplement pour le plaisir de jouer un mauvais tour.

Renart a bien envie de goûter aux jambons de son oncle Ysengrin. Mais, comme ils sont bien à l'abri, il lui faut employer la ruse pour ne pas éveiller les soupçons...

Le corbeau Tiécelin a réussi à voler un fromage et il est en train de le déguster sur son arbre. Comment Renart va-t-il faire pour s'emparer et du fromage et de l'oiseau ?

Le but

Les aventures de Renart, goupil rusé et impertinent, étaient d'abord destinées à distraire le peuple. Elles faisaient rire les paysans et les bourgeois, qui oubliaient pour un moment la dureté de leur vie. Mais, en utilisant des animaux pour représenter les hommes, les auteurs se moquaient aussi de la société de leur époque et la critiquaient. Le *Roman de Renart* est donc une satire*.

Un bateleur et des paysans (scène de théâtre), manuscrit de 1542. Cambrai, Bibliothèque municipale.

Renart et le chat Tybert ont trouvé une andouille qu'ils décident de se partager. Un seul des deux compères finira pourtant par la manger entièrement...

Les plaintes affluent contre Renart. Le roi des animaux, Noble le lion, le convoque donc devant le tribunal. Tous les barons* veulent le condamner à mort. Comment Renart va-t-il se tirer d'affaire ?

Qui sont les auteurs ?

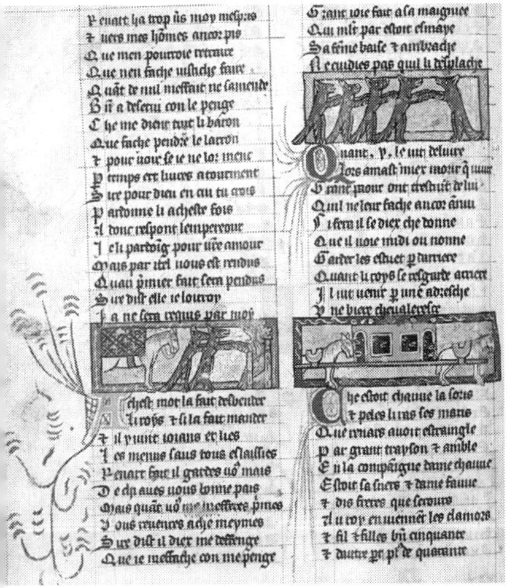

Le Roman de Renart, manuscrit du XIIIe siècle. Paris, BNF.

L'œuvre de plusieurs auteurs

Le Roman de Renart est composé de plusieurs récits appelés « branches », qui ont été écrits par différents auteurs sur une longue période, de 1170 à 1250. De ces auteurs, quelques noms nous sont parvenus, dont ceux de Pierre de Saint-Cloud, Richard de Lison, le prêtre de la Croix-en-Brie. Mais on ne sait pas grand-chose sur eux.

● PIERRE DE SAINT-CLOUD

C'est l'auteur le plus connu. Il était probablement un clerc* instruit, sachant lire et écrire. Il connaissait les grands auteurs de l'Antiquité, comme les fabulistes Ésope et Phèdre, ou le poète Apulée, qui avaient eux aussi écrit des histoires d'animaux. Il connaissait l'ensemble de la société de son époque.

Il a inventé une nouvelle forme de récit : raconter les aventures d'un goupil, pour faire rire et réfléchir en même temps.

● UN POÈME EN LANGUE ROMANE

Le Roman de Renart est le premier texte en roman (le français de l'époque). Ce n'est donc pas « un roman », mais un récit « en roman » des aventures d'un goupil qui s'appelle « Renart ». Ces aventures étaient racontées à voix haute et en musique par des artistes, comme des chansons. *Le Roman de Renart* est un poème composé en octosyllabes (vers de huit syllabes). Il compte environ 25 000 vers.

Entre 1170 et 1250

Le Roman de Renart devient un succès populaire

Au commencement

Le soir, à la veillée, des artistes ambulants racontent les aventures d'un goupil appelé Renart.
Ces histoires, narrées dans la langue du peuple, plaisent à tous les publics et le personnage de Renart devient très populaire.

Un succès immédiat

Le succès du *Roman de Renart* repose sur son aspect satirique.
Les animaux du *Roman* vivent dans un monde hiérarchisé, qui est une réplique de la société du Moyen Âge ; toutes les catégories sociales se reconnaissent et s'amusent de ce héros qui multiplie les mauvais tours mais s'en sort toujours.

Pendant quatre-vingts ans

L'écriture et la diffusion des aventures de Renart se prolongent pendant de nombreuses années : différents auteurs ajoutent des épisodes appelés « branches », que l'on regroupe dans des recueils.

Un succès qui dure

Au fil des siècles, Renart, nom propre du goupil, est devenu si célèbre qu'il est devenu un nom commun : on a pris l'habitude de dire un « renard » pour désigner un goupil. Et, depuis le Moyen Âge, d'autres auteurs se sont servis du personnage de Renart pour dénoncer certains aspects de la société de leur époque.
Au XVIIe siècle, *Le Roman de Renart* inspire Jean de La Fontaine : on retrouve les animaux du *Roman* dans de nombreuses fables.
À l'époque contemporaine, le renard est encore le héros de nombreuses aventures, dans des contes, des BD ou des dessins animés.

Que se passe-t-il à l'époque ?

Sur le plan politique

• LA MONARCHIE CAPÉTIENNE

Au moment où paraît *Le Roman de Renart*, la dynastie des Capétiens commence, succédant à celle des Carolingiens (Charlemagne). Le roi est tout-puissant : on croit qu'il tient son pouvoir de Dieu.

• LES SEIGNEURS ET LA FÉODALITÉ

La société est régie par le principe de la féodalité : le seigneur donne un fief* à un chevalier qui devient son vassal (il lui jure fidélité, l'aide à rendre la justice et lui apporte son aide en cas de guerre ou de conflit). En bas de l'échelle, se trouvent les vilains* et les serfs*. Ceux-ci doivent travailler pour le seigneur. En échange, ils bénéficient de sa protection, gardent une partie des récoltes et utilisent des parties communes, comme le four.

• LES CROISADES

L'Église est très puissante et contrôle la vie sociale et religieuse. Les moines* et les clercs* sont des gens cultivés que l'on croit très savants. Le pape, chef des chrétiens, organise les croisades*, destinées à reconquérir la Terre sainte et le tombeau du Christ à Jérusalem.

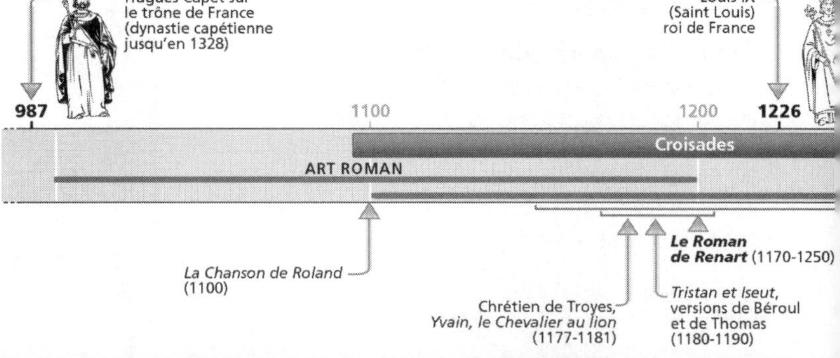

Sur le plan culturel

● LE TEMPS DES CATHÉDRALES

La construction des cathédrales dure souvent plus d'un siècle : les machines à moteur n'existent pas, il faut tout faire à la main. L'art roman* cède la place à l'art gothique* : on cherche à s'élever le plus possible vers Dieu, en construisant des flèches et des voûtes en ogives. L'art du vitrail bat son plein ; les verres colorés laissent entrer la lumière dans les nefs et ils représentent des scènes de l'histoire religieuse, très instructives pour le peuple qui ne sait pas lire.

● LE TEMPS DES PARCHEMINS

On ne connaît pas encore l'imprimerie, qui n'apparaîtra qu'en 1540. Les moines et les clercs passent des heures à recopier sur des parchemins* les textes de l'Antiquité (surtout la Bible), qu'ils décorent d'enluminures*. Debout devant leur pupitre, ils copient le texte à la main, à l'aide d'une plume, en écriture « gothique »*.

● ROMANS DE CHEVALERIE ET CONTES POPULAIRES

D'autres textes font aussi leur apparition : les romans de chevalerie, qui racontent les exploits de héros, à mi-chemin entre la réalité et la légende. Les contes populaires se fixent peu à peu : on les met par écrit et ils prennent leur forme définitive. On voit apparaître aussi les fabliaux, petits contes réalistes destinés à faire rire le public.

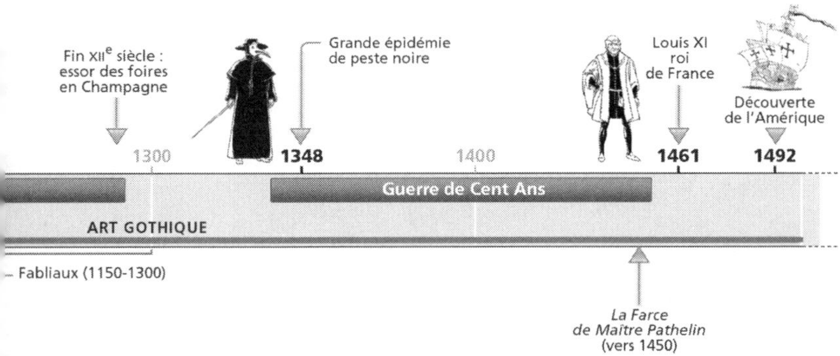

LE TEXTE

Le Roman de Renart

Renart et les jambons d'Ysengrin

Renart, un matin, entra chez son oncle, les yeux troubles et la fourrure hérissée.

« Qu'est-ce qui se passe, mon cher neveu ? Tu parais en mauvais état, lui dit le maître de maison. Est-ce que tu es malade ?

– Oui, je ne me sens pas bien.

– Tu n'as pas déjeuné ?

– Non, et je n'ai même pas faim.

– Allons donc ! Allez, madame Hersent, levez-vous tout de suite et préparez à mon cher neveu une brochette de rognons et de rate[1]. Il ne pourra pas la refuser. »

Hersent quitte son lit et se prépare à obéir. Mais Renart espérait mieux de son oncle : il avait vu trois beaux jambons suspendus au plafond de la salle, et c'est leur odeur qui l'avait attiré. « Voilà des jambons qui sont en danger, dit-il. Vous savez, mon oncle, si un de vos voisins les voyait, il en voudrait une part. À votre place, je les décrocherais bien vite, et je dirais à tout le monde qu'on me les a volés.

– Bah ! dit Ysengrin, je ne m'inquiète pas. On peut les regarder, mais on ne risque pas d'en manger.

– Comment ? Même si on vous en demandait ?

– On peut toujours demander, je n'en donnerai pas : ni à mon neveu, ni à mon frère, ni à personne au monde. »

1. **Une brochette de rognons et de rate** : les rognons et la rate sont des abats.

Renart est le nom propre du héros des aventures contées par *Le Roman*, un goupil. Il est devenu tellement célèbre que son nom désigne maintenant cet animal en général et que l'on dit : *un renard*.

Renart n'insista pas. Il mangea ses rognons et s'en alla.

Mais, deux jours plus tard, il revint pendant la nuit à la maison d'Ysengrin. Tout le monde dormait.

Il monte sur le toit, creuse un trou et se faufile à l'intérieur. Il arrive aux jambons, les emporte, revient chez lui, coupe les jambons en morceaux et les cache sous son lit.

Cependant le jour se lève : Ysengrin se réveille. Quoi ? Le toit est ouvert ? Les jambons, les chers jambons sont envolés !

« Au secours ! Au voleur ! Hersent, Hersent ! Nous sommes perdus ! »

Hersent, réveillée en sursaut, se lève, les cheveux en bataille.

« Qu'est-ce qui se passe ? Oh ! Quelle aventure ! On nous a volés ! Il faut porter plainte ! »

Ils crient, mais ne peuvent accuser personne. Ils ont beau chercher, ils ne savent pas qui leur a joué ce vilain tour.

Pendant ce temps-là, Renart arrive. Il a bien mangé, il a le visage reposé, l'air content.

« Eh ! Mon cher oncle, que vous arrive-t-il ? Vous me paraissez en mauvais état ; est-ce que vous êtes malade ?

– Il y aurait de quoi être malade, répond Ysengrin. Tu sais, nos trois beaux jambons ? On me les a volés !

– Ah ! s'écrie Renart, bravo ! Oui, c'est exactement ce qu'il faut dire : on vous les a volés ! Bien ! Très bien ! Mais, mon oncle, il faut le crier dans la rue, pour que tous les voisins l'entendent.

– Eh ! Mais c'est la vérité que je dis ! On m'a vraiment volé les jambons ! Mes beaux jambons !

– Allez ! reprend Renart, ce n'est pas à moi qu'il faut dire ça. Comme dit le proverbe, celui qui se plaint le plus n'a pas vraiment mal. Vos jambons, vous les avez mis à l'abri des regards ; vous avez bien fait, je vous félicite.

– Comment ! Imbécile, tu ne veux pas comprendre ? Je te dis qu'on m'a volé mes jambons !

– Mais oui, mais oui, continuez à le dire.

– Ce n'est pas bien de ne pas nous croire, dit alors dame Hersent. Si nous les avions, ce serait un plaisir de les partager avec vous, vous le savez bien.

– Je sais que vous êtes malins, dit alors Renart. Mais cela va vous coûter de l'argent. Maintenant, vous avez un trou dans le toit. C'était nécessaire, d'accord, pour faire croire à un vol, mais il va falloir le faire réparer. C'est bien par là que les voleurs sont entrés, n'est-ce pas ?

– Oui, c'est cela.

– Vous ne pouvez pas dire autre chose, évidemment.

– En tout cas, malheur à celui qui a pris mes jambons ! dit Ysengrin. Si je l'attrape... »

Renart ne répondit plus. Il fit une petite grimace et s'éloigna en riant sous cape[1].

1. **En riant sous cape** : en se réjouissant secrètement à l'intérieur de lui-même.

LECTURE ACTIVE 1

→ Voir aussi
étape 1, p. 82.

Renart et les jambons d'Ysengrin

As-tu bien lu ?

1 Dans quel état se trouve Renart au début de l'histoire ? Cite deux détails du texte pour illustrer ta réponse.

2 Que sont Renart et Ysengrin l'un pour l'autre ?
☐ des amis ☐ des voisins ☐ des parents

3 Qui est Hersent par rapport à Ysengrin ? par rapport à Renart ?

4 Comment Renart s'est-il emparé des jambons ?
☐ en cassant un carreau ☐ en faisant un trou dans le toit
☐ en creusant un souterrain

5 À la fin de l'histoire, pourquoi Renart félicite-t-il Ysengrin au lieu de le plaindre ?

Atelier théâtre

Mettre en scène l'échange final entre Renart et Ysengrin

▶ ***Objectif.*** Exprimer des sentiments contrastés.

▶ ***Préparation.*** Réfléchir aux sentiments éprouvés par les deux personnages (satisfaction, jubilation, moquerie, affliction, révolte...), et aux diverses façons de les représenter. Répartir les élèves en binômes. Délimiter un espace scénique et symboliser le décor (devant la maison d'Ysengrin).

▶ ***Mise en jeu.*** Les élèves se présentent deux par deux, et jouent la scène finale, en essayant de traduire les sentiments éprouvés par les personnages. Ils peuvent s'appuyer sur le texte, ou imaginer des répliques similaires et en inventer d'autres dans la même veine.

▶ ***Réfléchir ensemble.*** Les comédiens ont-ils bien exprimé la souffrance d'Ysengrin et la jubilation de Renart ? Qu'est-ce qui permet le mieux de faire comprendre au public ce que ressent un personnage ?

Renart et Chantecler

Un autre jour, Renart arriva dans un village au milieu des bois, bien fourni en poules, coqs, oies et canards. Un riche paysan, messire Constant Desnois, avait sa maison dans un enclos, avec beaucoup de provisions, des viandes fraîches et salées. Il y avait d'un côté des arbres fruitiers, de l'autre un parc pour les bêtes, entouré d'une clôture de pieux de chêne recouverts d'aubépines épaisses. C'était dans cet enclos que Constant Desnois mettait ses volailles à l'abri.

Renart s'approche doucement de la clôture. Mais les épines entrelacées ne lui permettent pas d'entrer. Il aperçoit les poules, il suit leurs mouvements, mais il ne sait comment les rejoindre. S'il quitte l'endroit où il se cache, ou même s'il saute par-dessus la barrière, on le verra et il sera pourchassé pendant que les poules s'éparpilleront. Il essaie d'attirer les poules en faisant du bruit, en baissant le cou et en agitant le bout de sa queue, mais rien ne réussit.

Enfin, dans la clôture, il voit qu'un pieu est cassé, ce qui lui permet d'entrer ; il s'élance et tombe dans un carré de choux cultivé par le paysan. Mais les poules l'ont entendu tomber : elles se sauvent vers le bâtiment.

C'est alors qu'arrive Chantecler, le coq qui montait la garde. Il voit les poules se sauver et, ne comprenant pas de quoi elles ont peur, il les rejoint et leur dit, sur un air de reproche :

On conservait les aliments, recouverts de sel, dans un saloir : c'est la salaison.

« Qu'est-ce qui vous prend de rentrer si vite à la maison ? Vous êtes devenues folles ? » Pinte, la meilleure poule, celle qui pond les plus gros œufs, lui répond : « C'est que nous avons eu très peur.

– Et de quoi donc ? Vous aviez une raison d'avoir peur ?

– Oui, il y a une bête des bois qui pourrait nous faire du mal.

– Allons ! dit le coq, ce n'est rien du tout. Restez tranquilles, je m'occupe de tout.

– Oh ! Tenez, je viens encore de l'apercevoir, s'écrie Pinte. J'ai vu bouger les feuilles de chou sous lesquelles il se cache !

– Taisez-vous donc, espèce d'idiote, dit fièrement Chantecler. Comment un renard pourrait-il entrer ici ? Vous voyez bien que la haie est trop serrée. Dormez tranquilles ; après tout, je suis là pour vous défendre. »

Sur ces mots, Chantecler s'en va gratter un tas de fumier. Mais les paroles de Pinte le tracassent un peu. Il monte sur un toit et là, un œil ouvert et l'autre fermé, il monte la garde, jusqu'à ce que le sommeil le gagne. Il fait alors un rêve étrange : il croit voir quelque chose qui traverse la cour et qui lui donne un manteau de fourrure rousse bordée de petites pointes blanches. Il rêve qu'il est obligé d'enfiler ce manteau très étroit, et, très bizarrement, qu'il l'enfile par la tête. Ce rêve le réveille. « Mon Dieu, protégez-moi ! » dit-il en faisant un signe de croix.

Il saute du toit et va rejoindre les poules sous les buissons de la haie.

Il appelle Pinte, elle arrive.

« Ma chère Pinte, je vous avoue que je suis inquiet à mon tour. Je viens de faire un rêve bizarre et je ne sais qu'en penser. J'ai cru voir quelque chose qui m'apportait un manteau de fourrure rousse que j'ai été obligé d'enfiler. La bordure était dure et blanche comme de l'ivoire et on me le mettait à l'envers ➲. J'essayais de m'en débarrasser, et je me suis réveillé. À votre avis, que dois-je penser de tout cela ?

– Tout cela n'est qu'un rêve, mais je crois deviner ce qu'il veut dire. Celui qui porte un manteau de fourrure rousse n'est autre que le goupil. La bordure blanche comme de l'ivoire, ce sont ses dents et l'encolure étroite du manteau, c'est sa gueule. Voilà ce que veut dire votre rêve : le goupil risque de vous manger avant midi. N'attendez pas, croyez-moi. Je vous le répète, il est là, dans ce buisson, attendant le moment de vous attraper. »

Mais Chantecler, bien réveillé maintenant, avait repris confiance :

« Pinte, ma chère, comment pouvez-vous supposer que je me laisse prendre par une bête cachée dans le parc ? Vous êtes complètement folle, et je suis bien fou aussi d'avoir eu peur d'un rêve !

– Pensez ce que vous voulez, lui répond Pinte ; j'accepte de ne plus être votre amie si je me suis trompée !

– Allez, allez, ma belle, lui dit Chantecler en se rengorgeant, assez de bavardages. »

Et il retourne sur son tas de fumier qu'il se remet à gratter. Quelques instants plus tard, il est à nouveau endormi.

Or, Renart avait tout entendu. Il était content que le coq ne se méfie pas et quand il le crut bien endormi, il s'avança tout doucement, puis il s'élança pour l'attraper. Mais malgré toutes ses précautions, Chantecler l'entendit et, au dernier moment, il fit un saut de côté.

➲ **Au Moyen Âge, on portait les manteaux de fourrure, les *pelisses*, avec le poil *à l'intérieur*. C'était plus confortable et ainsi on ne risquait pas de passer pour un animal. Or, dans son rêve, Chantecler doit enfiler son manteau avec la fourrure *à l'extérieur*.**

Renart était déçu d'avoir manqué son coup. Comment faire maintenant pour récupérer sa proie ?

« Ah ! mon Dieu, Chantecler, dit-il de sa voix la plus douce, vous vous écartez comme si vous aviez peur de votre meilleur ami. Je vous en prie, laissez-moi vous dire combien je suis heureux de vous voir en bonne santé et si agile. Nous sommes cousins germains, vous savez. »

Chantecler ne répondit pas : il continuait à se méfier, ou bien il était étonné d'entendre un parent qu'il ne connaissait pas lui faire des compliments. Mais pour montrer qu'il n'avait pas peur, il se mit à chanter.

« Oui, c'est assez bien chanté, dit Renart. Est-ce que vous vous souvenez de votre père Chanteclin ? Ah ! c'est lui qu'il fallait entendre ! Jamais personne ne fera aussi bien. Il avait la voix si forte, si claire, qu'on l'écoutait à une lieue aux alentours, je m'en souviens bien. Et pour chanter encore mieux, il lui suffisait d'ouvrir la bouche et de fermer les yeux.

– Mon cousin, répond alors Chantecler, vous vous moquez de moi...

– Moi, me moquer d'un ami, d'un aussi proche parent ? Ah ! Chantecler, vous ne pensez pas ce que vous dites. Mais en vérité, j'adore la bonne musique, et je m'y connais. Vous chanteriez bien si vous vouliez ; fermez un peu les yeux et commencez un de vos airs.

– Mais d'abord, dit Chantecler, est-ce que je peux vous faire confiance ? Écartez-vous un peu, si vous voulez que je chante. Vous apprécierez mieux la qualité de ma voix en vous plaçant un peu plus loin.

– D'accord, dit Renart en reculant un tout petit peu. Voyons donc si vous êtes bien le fils de mon cher oncle Chanteclin. »

Le coq, un œil ouvert et l'autre fermé, toujours un peu sur ses gardes, commence alors un grand air.

« Franchement, dit Renart, ce n'est pas extraordinaire. Chanteclin, lui, ah ! c'était quelque chose ! Dès qu'il avait fermé les yeux, on l'entendait bien au-delà du bois. Franchement, mon pauvre ami, vous êtes loin de faire aussi bien. »

Ces mots vexèrent tellement Chantecler qu'il en oublia tout. Il ferma les yeux, et lança une note qu'il fit durer le plus possible. L'autre, voyant le moment venu, s'élance comme une flèche, l'attrape par le cou et s'enfuit avec sa proie.

Pinte, qui avait assisté à la scène, pousse alors un cri aigu : « Ah ! Pauvre de moi ! Que vais-je devenir, privée de mon époux et de mon seigneur, de tout ce que j'aimais au monde ? »

Cependant, au moment où Renart s'emparait du pauvre coq, le jour tombait et la vieille femme chargée de s'occuper des volailles ouvrait la porte du poulailler.

Elle appelle Pinte, Bise, Roussette : personne ne répond. Elle lève les yeux et voit Renart en train de se sauver avec Chantecler. « Au secours ! Au secours ! s'écrie-t-elle, au Renart, au voleur ! » Les paysans accourent de tous côtés.

« Qu'y a-t-il ? pourquoi tous ces cris ?

– Au secours ! crie de nouveau la vieille femme. Le goupil emporte mon coq ! »

Renart franchissait alors les haies ; mais les paysans l'entendirent tomber de l'autre côté, et tout le monde se mit à sa poursuite. Constant Desnois lâche son gros chien Mauvoisin. On retrouve sa piste, on va l'atteindre : « Le goupil ! Le goupil ! »

Renart court aussi vite que possible.

« Sire Renart, dit alors le pauvre Chantecler d'une voix entrecoupée, allez-vous laisser ces paysans vous insulter ainsi ?

À votre place, je me vengerais et je leur jouerais un bon tour. Quand Constant Desnois dira : *Renart l'emporte,* répondez donc : *Oui, sous votre nez et malgré vous.* Cela les fera taire. »

On l'a dit bien souvent : même les plus sages agissent parfois comme des fous.

Renart, le trompeur universel ➲, fut trompé ici lui-même. Et quand il entendit la voix de Constant Desnois, il prit plaisir à lui répondre : « Oui, je prends votre coq, et malgré vous ». Mais Chantecler, dès qu'il sentit que les dents de Renart se desserraient un peu, fit un effort et s'échappa. Un coup d'aile et le voilà sur les branches d'un pommier voisin.

Dépité et surpris, Renart revient sur ses pas et comprend la bêtise qu'il a faite.

« Ah ! mon cher cousin, lui dit le coq, c'est le moment de réfléchir sur les changements de situation.

– Maudit soit celui qui parle quand il devrait se taire, dit Renart.

– Oui, répond Chantecler, et il vaut mieux devenir aveugle que de fermer les yeux quand on devrait les garder grands ouverts. Vous voyez, Renart, celui qui vous croit est un fou. Au diable votre beau cousinage : j'ai cru que j'allais le payer cher ! Mais vous, vous avez intérêt à courir bien vite, si vous tenez à votre peau. »

Renart ne s'amusa pas à répondre. Il se mit à l'abri des chasseurs dans un fourré, puis il s'éloigna, l'âme triste et le ventre vide, pendant que le coq regagnait joyeusement son enclos où l'attendaient ses amies, très affectées par son malheur.

➲ **Renart est célèbre pour sa ruse. Celui qui raconte l'histoire rappelle cette caractéristique, afin de surprendre encore davantage l'auditoire avec la suite de l'aventure.**

Renart et la mésange

Tandis qu'il se lamentait d'avoir été trompé par le coq, Renart aperçut la mésange, sur la branche d'un chêne où elle avait posé ses œufs.

Renart la salue : « Ma commère, soyez la bienvenue. Descendez donc m'embrasser.

– Renart, dit-elle, taisez-vous donc. Vous avez trompé tant de monde qu'on sait bien à quoi s'en tenir avec vous. Je ne suis pas du tout votre commère.

– Madame, répond Renart, jamais je ne vous ai donné l'occasion de vous plaindre de moi. De plus, écoutez-moi : Sire Noble, notre roi, vient de proclamer la paix générale ; plaise à Dieu qu'elle dure longtemps. Tous les barons ont juré de la respecter, d'oublier les querelles et les conflits. Le petit peuple sera tranquille, Dieu soit loué ! »

La mésange répond alors : « Renart, vous essayez de me tromper. Cherchez quelqu'un d'autre, ce n'est pas moi qui vous embrasserai aujourd'hui. »

Renart, voyant que la mésange refuse de le croire, reprend alors : « Madame, écoutez-moi. Si vous avez peur, je vous donnerai un baiser les yeux fermés.

– Dans ces conditions, j'accepte, dit-elle. Fermez les yeux ! »

Renart ferme les yeux. Mais la mésange, qui n'a aucune envie d'embrasser le goupil, prend une poignée de mousse et

« Commère » et « compère » sont des termes amicaux : on appelait ainsi ses amis ou les gens qui étaient proches de la famille (les parrains et les marraines, par exemple).

Le roi des animaux est le lion Noble. Les autres animaux, comme Renart, sont des barons*. Ce sont des vassaux* : ils ont prêté serment de fidélité au roi et doivent lui obéir.

de feuilles, et en effleure le museau de Renart. Celui-ci fait alors un bond pour attraper la mésange, mais ses dents ne saisissent qu'une feuille accrochée à sa moustache ! La mésange s'écrie :

« Eh, Renart, la belle paix, en vérité ! Si je ne m'étais pas reculée, vous auriez déjà rompu la trêve[1] !

– C'était pour rire, répond Renart, je voulais seulement vous faire peur. Allez, on recommence : je ferme les yeux. »

La mésange s'approche avec précaution, frôle le museau du goupil, mais pas trop. Renart montre à nouveau les dents, mais la manque une seconde fois.

« Renart, dit-elle, qu'est-ce que cela signifie ? On ne peut vraiment pas vous faire confiance ! Il vaudrait mieux se jeter dans le feu que dans vos bras !

– Comme vous êtes peureuse ! répond alors Renart. Je n'avais pas l'intention de vous trahir. Recommencez encore une fois ; la troisième, c'est la bonne. Allez, ma commère, venez ! »

Mais elle fait la sourde oreille, car elle n'est pas folle, et elle ne quitte pas la branche du chêne.

Cependant, voici des chasseurs et des chiens qui approchent. On entend les trompes et les cors ; Renart en est tout étonné et prend la fuite sans attendre.

La mésange alors s'écrie :

« Renart, pourquoi partir si vite ? La paix n'est-elle pas signée ? Où allez-vous ? Revenez donc ici ! »

Renart, qui est habile et sage, répond sans s'arrêter : « La paix est signée, oui, mais on ne le sait pas partout. D'ailleurs, ces chiens sont sans doute trop jeunes pour en être informés.

1. **Trêve** : période pendant laquelle on arrête de se battre, de faire la guerre.

– Vous avez l'esprit mal tourné, reprend la mésange. Revenez ici, et embrassez-moi !

– Je suis un peu pressé, répond le goupil. De toute façon, j'ai déjà signé la paix avec votre mari. »

Renart n'ajoute rien, et il s'enfuit au plus vite.

Benjamin Rabier (1864-1939),
illustration pour *Le Roman de Renart*. Éditions Tallandier, 1909.

▶ Où se trouve Renart et que fait-il ?

▶ À quoi voit-on qu'il espère tromper la mésange ?

LECTURE ACTIVE 2

→ Voir aussi étape 2, p. 84.

Renart et Chantecler
Renart et la mésange

As-tu bien lu ?

1 Où l'histoire *Renart et Chantecler* se déroule-t-elle ?
- ☐ chez un menuisier
- ☐ dans un poulailler
- ☐ dans la maison d'Ysengrin

2 Qu'est-ce qui permet à Renart d'entrer dans l'enclos ?

3 Qu'est-ce que Renart demande à Chantecler ?
- ☐ de lui donner des œufs
- ☐ de chanter
- ☐ de l'accompagner dans la forêt

4 Où Renart rencontre-t-il la mésange ?

5 Qui arrive à la fin de cette histoire et met Renart en fuite ?

Atelier

La vie des paysans au Moyen Âge

▶ ***Objectif.*** Faire le plan d'une ferme médiévale.

▶ ***Préparation.*** Organiser des groupes de travail. Retrouver, dans *Renart et Chantecler*, les éléments descriptifs de la ferme.

▶ ***Mise en œuvre.*** Réaliser un schéma ou une maquette représentant l'organisation d'une ferme au Moyen Âge. Chaque groupe présente son travail. Les différentes productions sont ensuite affichées dans la classe.

▶ ***Réfléchir ensemble.*** Quelle était la vie des paysans au Moyen Âge ? Quelle était la place des animaux ? Qu'est-ce qui a changé depuis cette époque dans le quotidien des paysans ?

Renart et Tiécelin le corbeau

Dans une vallée fleurie bordée de deux collines et traversée par un ruisseau, Renart, un jour, aperçut un hêtre planté à l'écart. Il traversa l'eau, arriva à l'arbre, en fit le tour, puis il se vautra délicieusement dans l'herbe fraîche. Tout lui plaisait dans cet endroit. Tout, non, je me trompe, car il commençait à avoir faim et il n'avait rien à manger ! Pendant qu'il réfléchissait à ce qu'il pourrait faire, le seigneur ➲ Tiécelin, le corbeau, sortit du bois voisin, traversa la prairie en planant et alla se poser dans un enclos qui semblait lui promettre une bonne aventure.

Il y avait là un millier de fromages qu'on avait mis à sécher au soleil. La gardienne était rentrée un moment à l'intérieur de la maison et Tiécelin, saisissant l'occasion, en prit un des plus beaux. Au moment où il repartait, la vieille femme l'aperçut et se mit à crier en lui jetant des cailloux et des pierres : « Ah ! Voyou ! Tu imagines que c'est pour toi que je fais sécher mes fromages !

– Tais-toi, tais-toi, la vieille, lui répondit Tiécelin. Si on te demande qui t'a pris ce fromage, tu n'auras qu'à répondre : *"C'est moi"*. Car mauvaise garde nourrit le loup[1] ! Surveille mieux les autres, mais celui-là, tu ne le reverras pas ! Je vais m'en blanchir les moustaches avec grand plaisir ! Si je peux l'emporter jusqu'à mon nid, je le mangerai bien tranquillement. Maintenant, je m'en vais, rentre chez toi ! »

---

1. **Mauvaise garde nourrit le loup :** proverbe signifiant : « Si on ne garde pas bien ses affaires, on risque de se les faire voler. »

➲ **« Monseigneur », « seigneur » et « messire » sont les noms avec lesquels on s'adressait aux hommes ; ils ont donné le nom « monsieur », que l'on emploie aujourd'hui. Comme tous les animaux du *Roman de Renart,* Tiécelin est personnifié, considéré comme un humain.**

Tiécelin s'éloigne et vient se percher sur le hêtre qui faisait de l'ombre à Renart. Les voilà tous les deux réunis par le même arbre, mais leur situation est loin d'être identique. Tiécelin déguste son plat préféré ; Renart, lui, aime autant le fromage que l'oiseau qui le tient dans son bec, mais n'a aucun moyen de s'en approcher.

Tiécelin entame le fromage à coups de bec et mange la partie la plus jaune et la plus crémeuse. Un morceau de la croûte lui échappe et tombe au pied de l'arbre. Renart lève alors la tête et salue Tiécelin qu'il voit fièrement perché, le fromage entre les pattes :

« Oui, je ne me trompe pas, c'est bien le seigneur Tiécelin ! Que Dieu vous protège, compère, vous et l'âme de votre père, le fameux chanteur ! Personne ne chantait aussi bien que lui en France, autrefois. Et vous, d'ailleurs, vous faisiez aussi de la musique, si je me souviens bien. Chantez-moi donc une petite ritournelle[1], puisque j'ai le plaisir de vous rencontrer. »

Ces paroles plaisent beaucoup à Tiécelin qui se croit le meilleur chanteur du monde. Il ouvre donc aussitôt la bouche et fait entendre un cri prolongé. « Ce n'est pas mal, dit Renart, mais si vous vouliez, vous pourriez chanter encore mieux. » Le corbeau recommence alors à crier. « Votre voix est belle, dit alors Renart, mais elle serait encore plus belle si vous ne mangiez pas tant de noix ➲. Mais continuez quand même, je vous en prie. » L'autre, qui veut absolument montrer ce dont il est capable, crie de toutes ses forces, sans se rendre compte qu'il desserre peu à peu la patte qui tient le fromage. Il le laisse tomber juste aux pieds de Renart !

Le coquin en frémit de plaisir, mais il se garde bien d'y toucher. Il voudrait bien manger le corbeau en plus du fromage !

1. **Ritournelle** : petit refrain.

➲ **Au Moyen Âge, on croyait que certains aliments étaient mauvais pour la santé. Ainsi, on pensait que les noix abîmaient la voix ou que le fromage empêchait de guérir quand on était blessé.**

« Ah ! Mon Dieu ! dit-il en faisant semblant de vouloir se lever, je ne peux pas changer de place, tant je souffre du genou ; et ce fromage qui vient de tomber a une odeur infecte, insupportable. Rien n'est plus dangereux que cette odeur pour les blessures des jambes. Les médecins me l'ont bien dit, il ne faut pas que j'en mange. Mon cher Tiécelin, je vous en prie, descendez et débarrassez-moi de cette horreur. Si je vous demande ce service, c'est que je me suis cassé la jambe dans un piège l'autre jour, pas loin d'ici. Je suis condamné à rester là jusqu'à ce que je sois guéri. »

Tiécelin se laisse convaincre par ces paroles, accompagnées de grimaces de douleur ! Il descend donc de l'arbre, mais une fois à terre, en voyant Renart, il réfléchit et reste prudent : il avance pas à pas, sur ses gardes. « Mon Dieu ! Dépêchez-vous donc ! Avancez ! Que pouvez-vous craindre de moi, un pauvre blessé ? » Tiécelin s'approche davantage, mais Renart, trop impatient, s'élance et le manque, n'attrapant que trois ou quatre plumes. « Ah ! Traître ! dit alors Tiécelin, j'aurais dû savoir que vous vouliez me tromper. J'ai perdu quatre de mes plus belles plumes, mais c'est tout ce que vous aurez, sale voleur ! Que Dieu vous maudisse ! »

Renart essaya de trouver une excuse : c'était la douleur qui lui avait fait faire un saut, malgré lui. Mais Tiécelin ne l'écouta pas : « Garde le fromage, je te le laisse. Mais moi, tu ne m'auras pas. Tu peux pleurer autant que tu veux, je ne t'aiderai pas.

– Eh bien, va-t-en, espèce de braillard, répondit Renart qui retrouvait sa vraie nature. Cela me consolera de ne pas avoir pu te clouer le bec. Mon Dieu, reprit-il ensuite, ce fromage est vraiment excellent, je n'en ai jamais mangé de meilleur. Et ma jambe n'en va pas plus mal ! »

Et, son repas terminé, il reprit le chemin des bois.

Manuscrit du XIVe siècle.
Paris, BNF.

- Quelle posture Renart a-t-il adoptée ? Dans quel but ?
- Qui se tient dans l'arbre au-dessus de lui ?

Renart et les anguilles

Seigneurs ➲, c'était le temps où les beaux jours s'achèvent, quand l'hiver s'installe à son tour. Renart était dans sa maison et n'avait plus de provisions. Il sortit donc de chez lui, sans se faire voir, traversa un marais couvert de joncs entre le bois et la rivière, et finit par arriver près d'une route pavée. Il se mit alors à l'affût, couché le long d'une haie.

Or, voici qu'arrivent à vive allure des marchands avec un chargement de poissons : beaucoup de harengs frais, car la bise a soufflé toute la semaine. Ils ont aussi d'autres poissons en grande quantité, des gros et des petits : des lamproies et des anguilles[1] qu'ils ont achetées dans des fermes. La charrette est pleine.

Dès qu'il les aperçoit, Renart, le trompeur universel, file sans se montrer pour devancer les marchands. Regardez comme il est rusé ! Il se roule dans l'herbe, puis s'allonge au milieu du chemin et fait le mort : les yeux fermés, la gueule ouverte, il retient son souffle et ne bouge plus.

Les marchands approchent, ne se doutant de rien. Le premier voit Renart, et appelle son compagnon : « Regarde là-bas, c'est un goupil, ou un chien.

– C'est un goupil, oui, fait l'autre après avoir regardé. Attrape-le, et fais attention qu'il ne t'échappe pas ! »

1. Les **lamproies** et les **anguilles** sont des poissons de rivière. Les **harengs** sont des poissons de mer.

➲ **Le narrateur s'adresse à son public. *Le Roman de Renart* était raconté à haute voix par les ménestrels et les troubadours.**

Ils s'approchent vite, retournent Renart dans tous les sens, estiment la fourrure de son dos et de sa gorge. Pour l'un des marchands, elle vaut trois sous, mais l'autre dit : « Grand Dieu ! elle vaut au moins quatre sous ! Vois comme la gorge est blanche ! Nous avons encore de la place, jetons-le dans notre charrette ! Nous lui enlèverons son beau manteau ce soir. » Ce qu'ils font, tout contents de leur aventure, et ils reprennent leur route en riant.

Couché sur les paniers, Renart en a ouvert un avec ses dents, et il a mangé au moins trente harengs, de bon appétit, sans avoir besoin d'assaisonnement : ni sel, ni sauge[1] !

Mais avant de s'en aller, il ouvre un autre panier, y plonge son museau, en tire trois colliers d'anguilles[2] qu'il enfile par la tête et place ainsi sur son dos. Maintenant, il lui faut trouver le moyen de descendre de la charrette, car il n'y a pas de marchepied. Il s'accroupit, s'avance un peu puis s'élance, les pattes en avant, et retombe sur le chemin, son butin autour du cou.

Après avoir ainsi sauté, il crie aux marchands : « Que Dieu vous garde ! Ces anguilles sont à moi, vous pouvez garder le reste ! » Les marchands sont stupéfaits. Ils crient : « Au goupil ! Au goupil ! » et se mettent à sa poursuite, mais Renart ne les attend pas.

« Nous avons été inconscients, disent-ils. Il fallait être fous pour ne pas se méfier de Renart. Il a presque vidé nos paniers. Ah ! Renart, continuent-ils, vous êtes un vaurien ! Que ces anguilles vous fassent crever !

---

1. **Sauge** : herbe aromatique qui sert à parfumer certains plats.
2. **Trois colliers d'anguilles** : on passe un fil à travers la tête des anguilles pour en faire des « colliers » et, ainsi, pouvoir les transporter plus facilement.

– Dites ce que vous voulez, répond le goupil, je suis Renart et je me tais ! »

Les marchands le poursuivent, mais ne peuvent le rattraper car son cheval est très rapide. Épuisés, ils font demi-tour et abandonnent la partie en se traitant de tous les noms.

Renart, sans ralentir, galope jusqu'à son château, où l'attendent les siens. Il franchit la clôture. La noble Hermeline, son épouse, vient à sa rencontre, ainsi que ses deux fils Percehaie et Malebranche. Une fois dans sa tour, Renart ferme la porte. Tous lui font fête, on est aux petits soins pour lui. Ses fils coupent les anguilles et en font des brochettes qu'ils posent sur la braise.

Renart s'échappe de la charrette,
manuscrit du XIIIe siècle. Paris, BNF.

► À quoi voit-on que le marchand est surpris de voir Renart ?

Renart est personnifié ; comme tous les barons*, il possède un cheval qui va lui permettre de retrouver son château et sa famille. Sa femme est « noble », comme il convient à la femme d'un seigneur*.

LECTURE ACTIVE 3

→ Voir aussi
étape 3, p. 86.

Renart et Tiécelin le corbeau
Renart et les anguilles

As-tu bien lu ?

1 Dans quel état Renart se trouve-t-il au début de ces deux histoires ?

2 Où ces deux histoires se déroulent-elles ?
☐ en ville ☐ dans la maison d'un vilain
☐ dehors, à la campagne

3 Que veut obtenir Renart lorsqu'il s'adresse à Tiécelin ?

4 Que fait Renart lorsqu'il rencontre les marchands de poissons ?
☐ Il fait le mort. ☐ Il leur fait des compliments.
☐ Il leur demande de l'aide.

5 À la fin de ces deux histoires, quelle est la situation de Renart ?

Atelier théâtre

Jouer au corbeau et au renard

▸ ***Objectif.*** Transposer au théâtre une histoire de Renart.

▸ ***Préparation.*** Répartir les élèves en groupes de travail. Réfléchir aux différentes façons de jouer l'aventure de *Renart et Tiécelin,* en choisissant des tonalités différentes (niveaux de langue, accents divers...). Les élèves peuvent s'inspirer du texte ou de la fable de La Fontaine, ou inventer librement leurs répliques.

▸ ***Mise en jeu.*** Chaque groupe joue devant la classe la saynète qu'il a écrite.

▸ ***Réfléchir ensemble.*** Comparer les diverses prestations. Qu'est-ce qui confère à cette histoire son atemporalité ? Qu'est-ce qui la rend drôle aujourd'hui encore ? Varier les langages et les accents renforce-t-il ou non l'aspect comique de la situation ?

La tonsure d'Ysengrin

Pendant qu'ils faisaient cuire et rôtir les anguilles, le seigneur Ysengrin passa devant le domaine de Renart. Il était maigre et affamé, ayant chassé toute la journée sans rien attraper.

Flairant l'odeur inhabituelle qui s'échappait par la cheminée, il s'approcha d'une fenêtre pour voir ce qui se passait et se mit à réfléchir au moyen d'entrer. Il n'en pouvait plus de bailler de faim et se décida à appeler son compère :

« Seigneur Renart, ouvrez-moi la porte ! Je vous apporte de bonnes nouvelles ! »

Renart l'entendit et le reconnut, mais il fit la sourde oreille. Ysengrin insista : « Ouvrez, cher seigneur ! » Alors Renart, qui avait une idée derrière la tête, demanda : « Qui êtes-vous ?

– C'est moi.

– Qui ça, moi ?

– Votre compère.

– Ah ! Je vous avais pris pour un voleur !

– Mais non, quelle idée, c'est moi. Ouvrez-moi la porte !

– Attendez au moins que les moines aient fini de manger, dit Renart. Ils viennent de se mettre à table !

– Les moines ? Il y a des moines chez vous ?

– En fait, ce sont plutôt des chanoines, ceux de l'abbaye de Tyron. Je viens de rentrer dans leur ordre.

Les moines sont des religieux qui vivent à l'écart du monde, dans des monastères ou des abbayes. Leurs supérieurs, les chanoines, font respecter les règles de leur ordre, par exemple celui de saint Benoît, qui a créé l'ordre des bénédictins. L'abbaye de Tyron a été fondée vers 1200, entre Tours et Chartres.

– Nominidame[1] ! C'est vrai ? Dans ce cas, accordez-moi l'hospitalité !

– C'est possible, mais vous ne pourrez pas manger.

– Vous n'avez rien à manger ?

– Oh ! si, répond Renart, mais d'abord, j'ai une question à vous poser. Êtes-vous venu ici pour mendier ?

– Non, non, je voulais juste prendre de vos nouvelles.

– Ce n'est pas le moment, dit Renart.

– Dites-moi, reprend Ysengrin, est-ce de la viande que vous mangez ?

– Vous plaisantez, répond Renart, vous savez bien qu'en religion, on ne peut manger que du fromage et du poisson. Saint Benoît nous commande de ne jamais manger autre chose.

– Je ne le savais pas, dit Ysengrin, mais je vous demande de m'héberger pour aujourd'hui, car je ne sais où aller.

– Vous loger ? dit Renart, c'est impossible. Personne ne peut entrer ici, s'il n'est moine ou ermite[2]. Passez votre chemin. »

Ysengrin comprend qu'il n'arrivera pas à entrer chez Renart. Pourtant, il insiste :

« Le poisson, c'est bon à manger ? Donnez-m'en juste un morceau, pour goûter ! »

Renart prend alors sur la braise deux morceaux d'anguille, en mange un et apporte l'autre à Ysengrin qui attend à la porte, en disant : « Compère, approchez et acceptez cette nourriture de la part des moines, qui sont sûrs que vous serez des nôtres un jour.

1. **Nominidame** : déformation de *In nomine Domini* (« Au nom du Seigneur »). Ysengrin ne sait pas parler correctement le latin.
2. **Ermite** : personne qui vit à l'écart de la société, dans un lieu isolé, et consacre sa vie à la méditation et à la prière.

– C'est bien possible, répond Ysengrin, mais donnez-moi donc cette nourriture en attendant. »

L'autre lui donne le morceau d'anguille ; il le prend et l'engloutit aussitôt. Renart lui demande : « Alors, qu'est-ce que vous en pensez ?

– Seigneur Renart, Dieu vous le rendra. Donnez-m'en encore un morceau, très cher ami, pour me convaincre de devenir moine.

– Si vous voulez devenir moine, vous serez bientôt mon supérieur, dit alors Renart ; avant la Pentecôte, vous serez élu prieur ou abbé[1].

– Vous vous moquez de moi ?

– Pas du tout, cher seigneur. Je vous jure sur ma tête que vous feriez le plus beau moine de l'église.

– Et j'aurais du poisson autant que j'en voudrais ?

– Tant que vous voudrez, mais il faut d'abord vous faire raser, couper et tondre la barbe.

– Alors dépêchons-nous, dit Ysengrin.

– Vous aurez bientôt une belle tonsure ➲, répond Renart. Juste le temps de chauffer l'eau. »

Renart dit au loup de passer la tête par un trou de la porte. Ysengrin tend bien le cou. Renart, qui le prend vraiment pour un imbécile, lui verse l'eau bouillante sur la tête. Quelle méchanceté ! Ysengrin secoue la tête en grimaçant de douleur. Il recule en s'écriant : « Ah ! Renart, je suis mort ! Vous m'avez fait une tonsure bien trop grande !

1. **Prieur et abbé** : grades supérieurs dans la hiérarchie du monastère.

➲ **On tondait le sommet du crâne des moines, pour montrer qu'ils étaient entrés dans les ordres : c'était la tonsure.**

– Mais non, répond Renart en lui tirant la langue, elle est exactement de la bonne taille.

– Ce n'est pas possible, dit Ysengrin.

– Je vous assure que si. Il faut que vous sachiez aussi que la règle du couvent exige que vous passiez la première nuit dehors, à l'épreuve.

– Je ferai tout ce qu'on me commande, dit Ysengrin. »

Et il fait serment à Renart de ne lui faire aucun mal et de suivre ses conseils.

Renart sort de chez lui par une porte secrète et se rend auprès d'Ysengrin qui gémit d'avoir été rasé de si près : il n'a plus ni poil ni peau !

Tous deux s'en vont sans plus tarder, et ils arrivent bientôt au bord d'un étang.

La pêche à la queue

C'était un peu avant Noël, à l'époque où on sale les jambons[1]. Le ciel était clair et plein d'étoiles, et l'étang où Ysengrin devait pêcher était tellement gelé qu'on aurait pu danser dessus. Les paysans avaient creusé un trou dans la glace pour faire boire le bétail, et ils y avaient laissé un seau.

Arrivé là, Renart s'adressa à son compère : « Approchez-vous, seigneur. C'est ici qu'on trouve plein de poissons, et voici l'instrument avec lequel nous pêchons les anguilles, les barbeaux et tous les autres beaux poissons.

– Frère Renart, dit Ysengrin, prenez donc le seau et attachez-le moi solidement à la queue. »

Renart prend le seau, et l'attache le mieux possible à la queue du loup.

« Frère, dit-il, il faut maintenant que vous restiez tranquille, sans bouger, pour que les poissons arrivent. »

Renart se met un peu à l'écart dans un buisson, pose son museau sur ses pattes et observe la scène : Ysengrin est sur la glace, la queue plongée dans l'eau. Mais l'eau commence à geler, et emprisonne peu à peu la queue du loup. Celui-ci essaie à plusieurs reprises de tirer le seau, mais il n'y arrive pas. Il appelle alors Renart, car le jour commence à se lever.

Renart lève la tête, regarde autour de lui et dit :

« Allons-nous en, mon cher ami, nous avons pris assez de poisson.

– Renart, s'écrie Ysengrin, j'en ai pris beaucoup trop ! Le seau est trop lourd, je ne peux le retirer ! »

1. **On sale les jambons** : pour conserver la viande, on la recouvrait de sel. Voir note page 18.

Renart le prent et si li noe
Entour la coe miex quil puet
Frere fait il or vous estuet
Mlt saigement acontenir
Pour les poissons faire venir
Le seel ha ou quel lancie
R. cest ou boisson fichie
Qui bñ estoit pres de la cuue

Manuscrit du XIVe siècle.
Paris, BNF.

▶ Qui sont les personnages représentés ? À quoi les reconnais-tu ?

▶ Essaie de déchiffrer les deux premiers vers écrits en gothique*. Que lis-tu ? (Aide-toi des lignes 12 et 13 du texte.)

Alors Renart se met à rire et lui dit : « Quand on veut tout avoir, on perd tout ! »

La nuit est finie, voici le jour. Le soleil se lève, les chemins sont blancs de neige. Monseigneur Constant des Granges, un châtelain des environs, s'est levé de bonne humeur ; il sonne le cor, rassemble ses chiens et fait seller son cheval. Entendant ces bruits, Renart détale et va vite se cacher dans sa tanière. Mais Ysengrin, lui, reste en mauvaise posture : il tire dans tous les sens, au risque de s'arracher la peau. S'il veut échapper aux chasseurs, il lui faudra renoncer à sa queue !

Pendant qu'il essaie de se libérer, voici qu'arrive un serviteur avec deux chiens en laisse. Il aperçoit Ysengrin, tout gelé et le crâne pelé, l'examine de plus près et crie : « Au loup ! À l'aide, à l'aide ! » À ces cris, les chasseurs accourent avec les chiens. Ysengrin n'est pas à la fête, car le châtelain les suit en hurlant : « Pied à terre[1] ! Lâchez les chiens ! » On détache les chiens qui se précipitent sur le loup. Ysengrin se défend vaillamment. Que faire d'autre ? Il aurait préféré la paix.

Constant des Granges arrive, l'épée à la main, et s'approche du loup par derrière. Il veut l'assommer, mais il rate son coup, glisse sur la glace et tombe à la renverse, se blessant à la tête. Il se relève à grand-peine, et repart à l'attaque : quel combat !

Il croit atteindre la tête du loup, mais le coup arrive ailleurs. L'épée descend vers la queue, et la coupe au ras des fesses ! Il ne l'a pas raté ! Ysengrin a senti le coup ; il fait un saut de côté et s'enfuit en mordant les chiens qui lui collent au derrière. Il a perdu sa queue et il en a le cœur brisé. Il court jusqu'à la colline où les chiens abandonnent enfin la poursuite, puis il entre vite dans le bois. Là, il jure qu'il se vengera de Renart, son ennemi éternel !

1. **Mettre pied à terre** : descendre de cheval.

LECTURE ACTIVE 4

→ Voir aussi étape 4, p. 88.

La tonsure d'Ysengrin
La pêche à la queue

As-tu bien lu ?

1 Dans *La tonsure d'Ysengrin,* pourquoi Ysengrin veut-il entrer chez Renart ?

2 Renart fait croire à Ysengrin qu'il reçoit chez lui :
☐ des pèlerins ☐ des moines
☐ des marchands de poisson

3 Dans ces deux histoires, quelles sont les épreuves que doit subir Ysengrin ?

4 Pourquoi ces histoires n'auraient-elles pas pu se dérouler en été ?

5 À la fin de *La pêche à la queue,* qu'est-ce qu'Ysengrin a perdu ?
☐ son pied
☐ son bras
☐ sa queue

Atelier

Le loup

▶ ***Objectif.*** Comprendre quelle était la place du loup au Moyen Âge.

▶ ***Préparation.*** Par groupes de cinq ou six, les élèves font des recherches sur la place qu'occupe le loup dans les représentations populaires depuis le Moyen Âge, à travers les chansons, les récits, les contes de fées, les articles de journaux...

▶ ***Réalisation.*** Chaque groupe propose à la classe le résultat de ses recherches, à l'aide d'une affiche et/ou d'un exposé oral.

▶ ***Réfléchir ensemble.*** Quelle place le loup occupe-t-il dans l'imaginaire collectif de nos jours encore ? Pourquoi le personnage d'Ysengrin fait-il rire dans *Le Roman de Renart,* malgré les souffrances qu'il endure ?

Renart et Tybert le chat

Le chat Tybert, dans une rue, s'amusait tout seul avec sa queue, tournait en rond, faisait des bonds. Il aperçut Renart qui l'observait, et le reconnut à son poil roux. Aussitôt, il le salua : « Seigneur, dit-il, soyez le bienvenu ! » L'autre répondit brutalement : « Tybert, je ne vous salue pas. Ne vous mettez jamais sur mon chemin, car à la moindre occasion, je vous frapperais avec plaisir. » Renart semble très en colère et Tybert se contente de répondre doucement : « Seigneur, je suis désolé que vous soyez en colère contre moi. »

Mais Renart n'avait rien mangé depuis longtemps, il était faible et fatigué, et n'avait pas envie de se battre contre Tybert. Le chat, lui, était frais et dispos, ses dents étaient pointues et ses griffes aiguisées. Renart préféra donc changer de ton : « Tybert, dit-il, j'ai entrepris une guerre terrible contre Ysengrin. J'ai engagé beaucoup de soldats et j'aimerais que vous fassiez partie de ma troupe, car je pense qu'il y aura beaucoup de combats avant qu'on fasse la paix. »

Tybert est tout joyeux à cette idée, et il s'engage aussitôt : « Seigneur, dit-il, vous pouvez compter sur moi : j'ai une petite affaire à régler avec Ysengrin. » Les voilà tous deux en chemin. Apparemment, ils ont prêté serment de fidélité, mais chacun est prêt à trahir l'autre, ils se détestent toujours autant.

En regardant le chemin devant lui, Renart aperçut un piège, qu'un paysan avait placé. Comme il est rusé, Renart évita le piège, mais il avait bien envie d'y faire tomber le chat.

« Tybert, dit-il, voyons si votre cheval est rapide[1]. Prenez ce chemin qui longe le bois : il est tout droit, sans creux ni bosse. Faites un galop et nous verrons comment il sait courir.

1. **Voyons si votre cheval est rapide** : voir note page 34.

– Volontiers, répond Tybert. » Il prend son élan et part au galop. Arrivé devant le piège, il comprend ce qui l'attend, recule un peu et passe à côté. Alors Renart, qui a tout vu, lui dit : « Ce n'est pas bon du tout. Vous faites aller votre cheval de travers. Il faut recommencer, mais cette fois-ci, tout droit ! »

Tibert, pour la seconde fois, fait courir son cheval jusqu'au piège. Arrivé là, il ne fait pas d'écart, mais saute par-dessus. Renart comprend qu'il ne parviendra pas à tromper le chat ; il s'approche alors et se moque de lui : « Franchement, Tybert, votre cheval ne vaut rien. Soit il se cabre, soit il va de travers. On ne peut rien faire avec lui. » Tybert veut montrer que son cheval n'est pas si mauvais et il essaye encore et encore.

Pendant qu'il est en train de courir, voici qu'arrivent deux gros chiens, qui se mettent à aboyer et poursuivent Renart. Celui-ci s'enfuit, très effrayé. Mais Tybert, lui, profitant de l'occasion, pousse Renart qui tombe dans le piège. Le voilà prisonnier, le pied coincé dans l'appareil !

Tybert est fou de joie, et il crie à Renart : « Renart, Renart, c'est vous qui resterez ici ; moi, je m'en vais ! À malin, malin et demi[1] ! »

Renart est en mauvaise posture : les chiens s'approchent. Le paysan qui avait posé le piège arrive à son tour, et lève sa hache pour décapiter le goupil. Le coup passe très près, mais glisse sur le piège et l'ouvre. Alors Renart libère sa patte et s'enfuit, grièvement blessé. Il disparaît dans la forêt, poursuivi par les chiens. Sa plaie le brûle et lui fait mal, et il se rappelle avec horreur la hache qui a failli le tuer.

1. **À malin, malin et demi** : proverbe signifiant : « On peut parfois tomber sur quelqu'un de plus malin que soi. »

Renart, Tybert et l'andouille

Comme Renart se promenait sur les chemins, mourant de faim, le chat Tybert se trouva devant lui sans réfléchir. À sa vue, le goupil frémit de plaisir : il voudrait bien le punir de l'avoir poussé dans le piège. Mais il fait semblant d'avoir oublié et demande : « Tiens, Tybert, quel bon vent vous amène ? » Le chat se prépare à s'enfuir, mais Renart le rassure : « Ne fuyez pas, n'ayez pas peur. Nous nous sommes juré fidélité, souvenez-vous. J'ai pris ce chemin dans l'espoir de vous rencontrer... » Alors Tybert revient vers Renart, mais il aiguise ses griffes, au cas où Renart voudrait l'attaquer.

Les deux compères se remettent en route et renouvellent leur serment de fidélité ➲.

Pendant qu'ils marchent tous les deux, malades de faim, voici qu'ils trouvent une belle andouille[1], par terre, près de la route ; Renart l'attrape aussitôt et Tybert lui dit : « N'oubliez pas que j'ai droit à une part, moi aussi.

– Qui parle de vous oublier ? répond Renart. Je vous ai donné ma parole, non ? »

Mais Tybert n'a pas vraiment confiance et il propose de manger l'andouille tout de suite.

1. **Andouille** : sorte de grosse saucisse qui se mange froide.

➲ **Renart et Tybert se sont juré fidélité dans l'épisode précédent. En effet, les seigneurs du Moyen Âge concluaient des pactes, des alliances, lorsqu'ils partaient en guerre contre leurs ennemis.**

« Ah ! non, répond Renart, on n'est pas tranquilles ici. Allons un peu plus loin.

– D'accord, répond Tybert, qui a compris qu'il ne peut rien faire. »

Renart s'empare de l'andouille et la saisit par le milieu, entre ses dents, si bien qu'elle pend des deux côtés. Tybert est désolé de voir Renart porter l'andouille de cette façon. Il se rapproche de lui et lui fait des reproches :

« Qu'est-ce que c'est que cette façon de porter cette andouille ? Vous ne voyez pas qu'elle est en train de se salir ? Vous la traînez dans la poussière et vous bavez dessus. Franchement, c'est dégoûtant ! Si ça continue comme ça, je vous laisserai ma part, c'est sûr.

– Ah bon ! Et vous feriez comment, vous ? demande Renart.

– Passez-la moi, vous allez voir. Et d'ailleurs, ajoute Tybert, c'est à mon tour de la porter, puisque vous l'avez vue en premier. »

Renart ne songe pas à refuser : au contraire, il se dit que si le chat porte le fardeau, il pourra encore moins se défendre. Donc, il accepte, et Tybert prend délicatement l'andouille dans sa bouche par une extrémité, puis il la balance sur son dos. Il se tourne alors vers Renart et lui dit :

« Voyez, mon ami, c'est comme cela qu'il faut faire : elle ne touche pas terre et je ne la salis pas avec ma bouche. Allons donc jusqu'à ce talus où il y a une croix. Nous nous arrêterons là pour manger et nous serons bien tranquilles car nous pourrons surveiller de tous les côtés. » Ayant ainsi parlé, Tybert se met à courir vers la croix.

Renart est en colère, car il a deviné la ruse du chat. Il crie :

« Attendez-moi, voyons !

– Tout va bien, répond le chat. Dépêchez-vous de me rejoindre ! »

Puis il escalade la croix en un éclair, grâce à ses griffes, et s'installe sur un des bras. Renart est très contrarié, il a compris que l'autre se moque de lui.

« Alors, Tybert, dit-il, qu'est-ce qu'on fait, maintenant ?

– C'est parfait, répond le chat. Montez donc et installez-vous, nous allons manger.

– J'en suis incapable, dit Renart. Mais vous, descendez. Ou bien, faites un beau geste : jetez-moi ma part et nous serons quittes.

– Renart, qu'est-ce que vous dites ? Vous avez bu ou quoi ? Vous savez bien qu'une andouille, c'est une chose sacrée et qu'on ne peut en manger que sur une croix ou sur une église !

– Tybert, il n'y a pas assez de place là-haut pour nous deux. Soyez généreux : si vous ne voulez pas descendre, jetez-moi la part qui me revient, je prendrai le péché sur moi ➲.

– Mais vous êtes vraiment malade ! Vous me demandez de jeter par terre une chose sacrée ! Écoutez, il n'y a qu'une chose à faire : pour cette fois-ci, vous allez vous en passer, et la prochaine andouille que nous trouverons, je vous promets qu'elle sera entièrement pour vous, je n'en accepterai pas une miette.

– Tybert, Tybert, dit Renart, nous nous retrouverons. Jette-m'en au moins un petit morceau.

– C'est incroyable ! dit Tybert. Vous ne pouvez pas attendre qu'une autre andouille vous tombe entre les pattes ? Vous êtes incapable de jeûner[1]... »

Tybert abandonne la discussion et se met à manger l'andouille. À ce spectacle, Renart a les larmes aux yeux.

1. **Jeûner** : rester sans manger.

➲ **Tybert fait croire à Renart que la religion interdit de manger une andouille ailleurs que dans un lieu sacré ; mais Renart, qui ne peut monter sur la croix, est prêt à commettre un péché : il accepte de manger l'andouille en restant par terre.**

« Renart, dit alors Tybert, je suis heureux de voir que vous pleurez pour les péchés que vous avez commis. Dieu voit votre repentir et il allégera votre pénitence ➋ !

– Pour le moment, je ne peux rien faire, répond Renart, mais tu finiras bien par descendre un jour. En tout cas, quand tu auras soif, il faudra bien venir de mon côté.

– Vous ne vous imaginez pas comme Dieu est bon pour moi, répond le chat. Il y a un creux dans le bois à côté de moi, rempli d'eau de pluie, et j'ai de quoi boire autant que je veux.

– Vous avez beau dire, réplique Renart, il faudra bien descendre, tôt ou tard.

– Pas avant des mois, répond Tybert.

– En tout cas, avant sept ans, répond Renart. Je jure de ne pas partir d'ici avant de t'avoir attrapé.

– Attention, répond le chat, si on ne tient pas son serment, on va en enfer !

– Je le tiendrai, réplique Renart, je jure sur la croix que je ne bougerai pas d'ici pendant sept ans s'il le faut.

– Je vous plains, dit alors Tybert. Rester sans manger pendant sept ans, c'est bien cruel. Mais enfin, ce qui est juré est juré. Je ne dis plus rien. »

Tybert se remet à manger l'andouille et Renart est fou furieux ! Il transpire et ne sait que faire, il est au supplice.

Mais soudain il oublie sa douleur, car il entend l'aboiement d'un chien qui a trouvé sa trace.

« Qu'est-ce que j'entends ? demande-t-il en levant la tête.

➋ **Dans la religion chrétienne, lorsqu'on a commis des péchés, on doit faire une pénitence (accomplir une sorte de punition) si l'on veut être pardonné par Dieu et entrer au paradis.**

– Ne bougez pas, répond le chat. C'est une procession qui se dirige vers ici, pour faire des prières devant la croix. Restez donc, car je me souviens que vous avez été prêtre. »

Renart a reconnu les chiens ; il se rend compte qu'il est en mauvaise posture et décide de s'enfuir au plus vite. Tybert, le voyant déguerpir, lui dit :

« Mon Dieu, Renart, que faites-vous ? Avez-vous oublié votre serment ? Restez, je vous en prie, vous avez juré de ne pas bouger d'ici pendant sept ans ! Je parlerai aux chiens s'il le faut et je leur demanderai de vous épargner... »

Mais Renart le quitte et court le plus vite possible pour échapper aux chiens qui sont à sa poursuite. Il connaît le pays comme sa poche et arrive à les semer. Cela ne l'empêche pas de maudire Tybert : il lui voue une haine éternelle, ne le laissera jamais en paix. Gare à lui s'il croise son chemin !

Benjamin Rabier (1864-1939),
Illustration pour *Le Roman de Renart*. Éditions Tallandier, 1909.

LECTURE ACTIVE 5

Renart et Tybert le chat
Renart, Tybert et l'andouille

As-tu bien lu ?

1 Dans quel état Renart se trouve-t-il au début de ces deux histoires ? Dans quel état est le chat Tybert ?

2 Pourquoi Renart demande-t-il à Tybert de rester avec lui ?
- ☐ pour aller chercher des provisions
- ☐ pour combattre Ysengrin
- ☐ pour construire un abri dans les bois

3 Comment Renart sort-il du piège dans lequel il est tombé ?

4 Où Renart et Tybert décident-ils de manger l'andouille ?

5 À la fin de ces deux histoires, que peux-tu dire de Renart ?

Atelier

La répartition entre ville et campagne au Moyen Âge

▶ ***Objectif.*** Réaliser une carte montrant l'importance de la campagne au Moyen âge.

▶ ***Préparation.*** Par groupes de quatre, les élèves se renseignent sur les rapports entre ville et campagne au XIIIe siècle : importance des forêts, taille moyenne des villes et de Paris, moyens de communication permettant de se rendre de l'une à l'autre...

▶ ***Réalisation.*** Chaque groupe réalise une carte de la France du XIIIe siècle, à l'aide de couleurs différentes (milieu rural / villes), en indiquant les principaux axes de circulation.

▶ ***Réfléchir ensemble.*** Quelle était la caractéristique principale des routes au Moyen Âge ? Pourquoi les carrefours étaient-ils si importants ? Pourquoi y trouvait-on souvent une croix ?

Tybert perd sa queue

C'était en mai, au printemps, au moment de l'Ascension[1]. Renart était dans sa maison, sans provisions ni victuailles. Il avait grand faim et se sentait faible. Il sortit donc de chez lui et tomba nez à nez avec Tybert :

« Tybert, mon cher ami, où allez-vous donc ? Dites-le moi.

– Eh bien, répondit Tybert, je voulais entrer chez un paysan qui habite par ici. Sa femme a caché un grand pot de lait dans une huche[2], et je voudrais bien en avoir. Si tu veux venir avec moi, je peux te montrer l'endroit. Mais il faut être franc avec moi : il y a des poules et des coqs.

– D'accord, dit Renart, je te donne ma parole : je te suis, c'est toi qui décides. »

Ils s'approchent de la maison, en font le tour sans faire de bruit et finissent par découvrir un pieu cassé qui leur permet d'entrer dans l'enclos.

« Renart, dit alors le chat, voici comment nous allons faire : nous allons d'abord entrer dans la maison, car si on commence par le poulailler, on risque d'éveiller les chiens, et du coup on ne pourra rien faire. Reste avec moi jusqu'au bout et si tu aimes le lait, tu en auras autant que tu veux.

– D'accord, répondit Renart. »

Tybert, très malin, entre le premier. Il demande à Renart de soulever le couvercle de la huche pour s'approcher du lait et se

1. **Ascension** : fête religieuse commémorant la montée au ciel de Jésus-Christ, après sa résurrection.
2. **Huche** : grand coffre dans lequel on range le pain et certains aliments.

met à boire à grands traits. Le couvercle est lourd et Renart a du mal à le tenir levé. Il appelle Tybert :

« Tybert, dépêche-toi de boire et sors de là ! Par saint Denis, j'ai du mal à tenir ce couvercle ! »

Mais le chat est occupé à boire et il n'écoute pas. Pire, une fois rassasié, il renverse le pot et répand le lait qui y restait ! Renart est furieux : « Espèce de goinfre, pourquoi avoir renversé ce pot ? Allez, dépêche-toi de sortir de là, je n'en peux plus ! »

Tybert prend son élan et atteint le bord de la huche. À ce moment-là, Renart laisse tomber avec force le lourd couvercle sur la queue du chat ! Il n'a pas fait semblant et la queue est coupée net ! Tybert pousse un cri de douleur et s'adresse au goupil :

« Renart, tu m'as bien mal arrangé : tu m'as coupé la queue !

– Moi ? Pas du tout ! C'est toi qui as fait tomber le couvercle ! Mais de toute façon, tu devrais être content : te voilà plus léger à présent, sans rien qui te gêne. Moi, j'aimerais bien ne pas avoir cette queue si longue.

– Je ne t'ai rien demandé, répond Tybert. Ah çà ! tu es très fort pour le baratin ! Il vaut mieux nous quitter maintenant. D'ailleurs, je crois entendre les chiens, tu ferais mieux d'oublier les poules. Moi je m'en vais.

– D'accord, répond Renart. Nous n'avons plus rien à faire ensemble, j'en conviens. Adieu, nous nous reverrons une autre fois.

– C'est ça, répond Tybert en le quittant. Nous nous reverrons, oui, mais devant la cour du roi. »

Noble le lion, le roi, tient sa cour de justice : il règle les conflits, punit les coupables et défend les victimes, comme le faisait le roi Saint Louis, qui rendait la justice sous un chêne.

Renart et Ysengrin dans le puits

Je vais raconter ici un bon tour du maître de la ruse et de l'astuce, je veux parler de Renart, vous savez, celui qui trompe et dore la pilule[1] à tout le monde ➲.

Un jour qu'il cherchait de la nourriture dans une autre partie du pays, tourmenté par la faim (son ventre et ses boyaux le faisaient gémir de douleur), il sortit d'un bois et aperçut un enclos à côté d'un champ d'avoine. Il y avait une abbaye et, tout près, une ferme solidement construite, entourée de murs épais et protégée par des fossés. Elle renfermait tout ce que Renart pouvait souhaiter : poules et chapons en quantité. Mais comment y entrer ? Renart court à droite et à gauche, sans rien trouver. Mais en s'aplatissant devant la porte il aperçoit un petit espace et arrive à se glisser à l'intérieur. Le voilà dans la place, mais il lui faut faire attention : si les moines le voient, ils ne lui feront pas de cadeau. Il hésite un instant, songe même à rebrousser chemin car il a peur, mais la faim le presse tellement qu'il revient vers les poules. Il y en a trois qui se sont blotties sur un tas de foin pour dormir. Il s'approche sans bruit, les étrangle toutes les trois, en mange deux et emporte la troisième pour la faire cuire !

Mais, arrivé à la porte, notre trompeur a une grande envie de boire. Justement, il y a un puits dans la cour. Renart s'y précipite, mais il est impossible d'arriver jusqu'à l'eau.

1. **Dore la pilule** : présente les choses sous des couleurs trompeuses.

➲ **Le narrateur s'adresse au public (voir note page 32), en rappelant la principale caractéristique de Renart : il est rusé et trompe tout le monde par ses belles paroles.**

Seigneurs, écoutez bien l'aventure : dans le puits il y a deux seaux ; l'un remonte quand l'autre descend. Renart s'est appuyé sur la margelle et regarde au fond du puits. Il aperçoit son reflet et croit que c'est sa femme Hermeline ! Mécontent, il lui demande : « Dis-moi, que fais-tu là-dedans ? » Sa voix remonte en écho : le voilà perplexe ! Il s'avance encore un peu, met les deux pattes dans le seau et, sans comprendre ce qui lui arrive, le voilà qui descend ! Vraiment, quelle aventure ! Il est dans un drôle de pétrin : il souffre le martyre, sa fourrure est trempée et il se maudit d'avoir été si bête.

Seigneurs, au même moment, la même nuit à la même heure, Ysengrin était de fort mauvaise humeur. Il cherchait à manger lui aussi et se trouvait près de la ferme des moines. Avisant le puits, il s'y accouda comme l'avait fait Renart et regarda au fond. Apercevant son reflet dans l'eau, quelle surprise ! Il lui sembla reconnaître sa femme Hersent, à côté de Renart. Il se mit alors à hurler de toutes ses forces, insultant sa femme et l'accusant de le tromper avec Renart.

Ce dernier le laissa crier un bon moment, puis il dit : « Quelle est cette voix qui m'appelle, mon Dieu ?

– Qui es-tu ? demande Ysengrin

– C'est moi, votre ancien voisin et ami ! Celui que vous aimiez tant. Mais maintenant il faut m'appeler « feu Renart »...

– Ah ! Je respire, répond Ysengrin. Mais depuis quand es-tu donc mort ?

– Depuis l'autre jour, répond Renart. Dieu, dans sa bonté, m'a tiré de la vie misérable que nous avons sur terre. Je vous supplie de me pardonner les misères que je vous ai faites.

– Je ne vous en veux plus, répond le loup, et même, je suis triste que vous soyez mort !

– Pas moi ! répond alors Renart. Au contraire, j'en suis ravi ! Mon corps est enterré dans un cercueil, près de ma femme, dans ma tanière, mais mon âme est ici, au paradis. Ici on a tout ce que l'on peut souhaiter, du gibier en quantité, des moutons et des vaches, des lièvres, des poules aussi. »

Ysengrin voudrait bien entrer au paradis lui aussi. Il supplie Renart de l'aider, mais celui-ci ne veut rien entendre. Enfin il lui montre le seau du doigt et lui dit : « Vous pouvez voir la fameuse balance. » Seigneurs, écoutez ce prodige ! Il lui fait croire que c'est la balance à peser le Bien et le Mal ➲ !

Ysengrin jure qu'il s'est confessé, fait une prière et demande l'absolution de ses péchés ➲. Pendant ce temps, Renart était dans le seau du bas. Il avait joué de malchance en s'y mettant, à Ysengrin maintenant de connaître la même mésaventure !

Quand il eut bien prié et rendu grâce à Dieu, Ysengrin s'installa dans le seau du haut, croyant faire peser son âme. Comme il était plus lourd, le seau se mit à descendre, faisant du même coup remonter celui dans lequel se trouvait Renart. Ils se croisèrent à mi-chemin, à la grande surprise d'Ysengrin : « Compère, pourquoi t'en vas-tu ?

– C'est la coutume, répond Renart. Quand l'un arrive, l'autre s'en va. Me voici sorti des griffes du diable et tu rejoins le monde des démons ! »

En prononçant ces derniers mots, Renart avait atteint le rebord du puits. Il sauta à terre sans demander son reste et ne cessa de courir jusqu'à ce qu'il soit bien loin de l'abbaye.

➲ **Dans la religion chrétienne, une croyance veut que l'on pèse les âmes dans une balance, pour savoir si elles ont fait de bonnes ou de mauvaises actions, et si elles peuvent ou non aller au paradis.**

➲ **Lorsqu'on a confessé (avoué) ses péchés et qu'on a fait pénitence, on obtient l'absolution, c'est-à-dire qu'on est pardonné.**

LECTURE ACTIVE 6

Renart et Ysengrin dans le puits

As-tu bien lu ?

1 Pourquoi Renart croit-il voir Hermeline au fond du puits ?

2 Renart fait croire à Ysengrin que les seaux servent :
☐ à puiser de l'eau ☐ à arroser les légumes
☐ à peser les âmes des défunts

3 Pourquoi Ysengrin est-il fou de rage en croyant à son tour voir Hersent au fond du puits ?

4 Sur quoi insiste Renart dans la description qu'il fait du paradis ?
☐ la nourriture abondante qu'on y trouve
☐ le beau temps permanent qui y règne
☐ la musique angélique qu'on y entend

5 À la fin de cette histoire, que penses-tu de Renart ?
☐ Il n'est pas rancunier. ☐ Il est volontiers méchant.
☐ Il est généreux.

Atelier

Le paradis et ses symboles

▶ ***Objectif.*** Se documenter sur les représentations du paradis.

▶ ***Préparation.*** Par groupes de quatre ou cinq, les élèves font des recherches : comment le paradis est-il représenté dans les différentes religions ? Quelles sont ses caractéristiques principales ?

▶ ***Réalisation.*** Chaque groupe présente le résultat de ses recherches à la classe.

▶ ***Réfléchir ensemble.*** Que symbolise le paradis ? Pourquoi parle-t-on de « paradis perdu » ? Quels points communs retrouve-t-on dans les trois religions monothéistes ? Quelles sont leurs différences majeures sur la représentation du paradis ?

Ysengrin et Hersent portent plainte devant la cour du roi

L'hiver venait de se terminer, la rose s'épanouissait et l'aubépine était en fleur. Le roi Noble, à l'approche de l'Ascension, convoqua toutes les bêtes en son palais pour tenir sa cour. Tout le monde accourut, sauf Renart, ce mauvais larron, ce fourbe[1]. Et tous se mirent à l'accuser devant le roi, se plaignant de ses ruses et de son orgueil. Ysengrin parla le premier et s'adressa ainsi au roi :

« Cher et noble roi, je demande justice de tout ce que m'a fait subir Renart : il a violé ma femme Hersent et il a insulté mes louveteaux. Il a dit qu'il n'avait rien fait de tout cela, mais il n'a pas voulu le jurer. »

Le roi, après l'avoir entendu, lui répondit :

« Ysengrin, renoncez à ce procès. Croyez-moi, vous n'avez aucun intérêt à rappeler la honte que vous avez subie. Il vaut mieux se taire dans ce genre d'affaire. »

Brun l'ours prit alors la parole :

« Sire, le loup Ysengrin est assez puissant pour se venger lui-même. S'il ne l'a pas fait, c'est qu'il obéit à la paix que vous avez ordonnée. Si Ysengrin accuse Renart, il faut que justice soit faite. Envoyez quelqu'un chercher Renart à Maupertuis : je peux m'en charger, je le ramènerai si je le trouve.

– Sire Brun, dit alors Bruyant le Taureau, malheur à celui qui conseillera au roi de donner une simple amende à Renart. Il a commis tant de crimes, causé du tort à tant de bêtes que personne ne doit l'aider. »

1. **Fourbe** : hypocrite (menteur et trompeur).

Le blaireau Grimbert prit alors la parole :

« Sire Bruyant, il faut garder le sens des proportions ! Il n'y a pas eu de violence ni de porte brisée. Renart aime sans doute Hersent depuis longtemps et elle n'aurait sûrement jamais porté plainte. C'est Ysengrin qui est jaloux. Mais pourquoi en avoir parlé au roi et aux barons ? Tout le monde va se moquer de dame Hersent maintenant ! »

Ces paroles firent rougir dame Hersent et elle répondit en soupirant :

« Vous avez raison, sire Grimbert. J'aurais préféré qu'Ysengrin et Renart restent bons amis. Jamais Renart n'a rien fait de mal avec moi, je le jure. Depuis notre mariage il y a dix ans, j'ai été fidèle, je peux le jurer sur tous les saints. Je suis même prête à subir le "Jugement de Dieu" ➲. Ce n'est pas pour faire plaisir à Renart que je parle ainsi, mais je le dis pour Ysengrin : il est tellement jaloux qu'il s'imagine toujours être cocu ➲. »

Bernard, l'âne, était tout heureux d'entendre de telles paroles, et il s'exclama : « Ah ! noble dame, j'aimerais bien que toutes les femmes soient aussi loyales que vous ! Les gens sont tellement médisants[1] : ils disent tous que Renart a couché avec vous, mais vous venez de jurer qu'il n'en est rien... Oh ! roi noble et généreux, faites grâce à Renart. Je vais le chercher si vous voulez et il paiera l'amende que vous déciderez. »

1. **Sont tellement médisants** : disent tellement de mal.

➲ **Le jugement de Dieu : on brûlait l'accusé avec de l'eau bouillante ou un fer rouge. Si la peau ne gardait aucune trace de la brûlure, on considérait que la personne était innocente. Au Moyen Âge, cette pratique était courante dans les tribunaux.**

➲ **Comme dans une farce, l'auteur du *Roman de Renart* n'hésite pas à employer un vocabulaire familier pour faire rire son public.**

L'assemblée déclara alors : « Sire, convoquez encore une fois Renart et, s'il ne se présente pas devant la cour, il faut lui infliger une correction dont il se souviendra.

– Vous avez tort de vouloir à tout prix juger Renart, dit le roi Noble. Malgré tous ses crimes, je ne veux pas l'humilier. Hersent n'a qu'à subir le "Jugement de Dieu", voilà tout.

– Holà ! Sire, pas question ! Si Hersent garde la marque du feu, tout le monde le verra et me traitera de cocu et de jaloux. Je préfère retirer ma plainte et me venger moi-même.

– Allez au diable, répliqua alors le roi. Vous voulez la guerre, c'est ça ? Par saint Léonard, je connais bien Renart : il peut vous faire plus de mal que vous ne pouvez lui en faire vous-même. De plus, la paix est proclamée, la tranquillité règne dans le royaume. Et si quelqu'un s'avise de rompre cette paix, il passera un mauvais quart d'heure. »

En entendant le roi, Ysengrin ne sait que faire. Il reste assis là, indécis. Quelle chance pour Renart que le roi ait imposé la réconciliation !

La cour du roi,
manuscrit du XIVe siècle. Paris, BNF.

▶ Quel élément de l'image permet de reconnaître immédiatement le roi ? Dans quelle posture est-il représenté ?

▶ À quoi voit-on que le roi parle ? À qui s'adresse-t-il ?

Chantecler, Pinte et ses sœurs demandent justice

La guerre entre Renart et Ysengrin aurait peut-être pris fin si Chantecler et Pinte n'étaient venus à la cour, accompagnés de trois autres poules, pour porter plainte contre Renart. Il y avait Noire, et Blanche, et Roussette, qui tiraient un cercueil où se trouvait une poule morte la veille. Renart s'était acharné sur elle à coup de dents et lui avait arraché l'aile et la cuisse. Chantecler et Pinte arrivent donc en frappant des mains et en criant :

« Ah, mon Dieu ! nobles bêtes, aidez-nous de vos conseils ! J'avais cinq frères, Renart les a tous dévorés ! J'avais quatre sœurs, certaines très jeunes, et d'autres déjà magnifiques. Gombert de Fresne les engraissait pour qu'elles pondent. Le pauvre ! Ça n'a servi à rien puisque Renart les a toutes dévorées et n'en a laissé qu'une ! Ah ! Copette, ma chère sœur, vous étiez tendre et grassouillette ! Comment vais-je pouvoir vivre sans vous ? Renart, que le feu de l'enfer te brûle ! Combien de fois nous a-t-il pourchassées, persécutées, poursuivies jusqu'aux barrières en déchirant nos robes ! Hier, il a jeté devant ma porte le cadavre de ma sœur avant de s'enfuir. Gombert de Fresne n'a pas de cheval rapide et il n'a pu le poursuivre ; je ne trouve personne qui veuille me rendre justice ! »

À ces mots, Pinte tombe évanouie sur le sol et ses trois compagnes font de même. Le chien, le loup, les autres bêtes se précipitent et leur versent de l'eau sur la tête… Revenues à elles, elles se jettent aux pieds du roi qui s'est assis sur son trône, et Chantecler s'agenouille aussi, inondant de ses larmes les pieds du roi.

À cette vue, le roi est envahi de pitié. Il pousse un cri terrible qui emplit de terreur même les plus courageux. De colère il redresse la queue et il s'en frappe lui-même avec désespoir. Tout le palais résonne de ses coups. Puis il parle :

« Dame Pinte, par la foi que je dois à l'âme de mon père, je suis désolé de votre malheur et je vais punir Renart. Vous pourrez voir vous-même que la vengeance sera terrible : il sera châtié de façon exemplaire pour son crime et pour son orgueil. »

À ces mots, Ysengrin se redresse : « Sire, vous êtes un grand roi. On chantera partout vos louanges si vous vengez Pinte et sa sœur Copette. Je ne dis pas cela par haine, mais à cause de la demoiselle qu'il a tuée.

– Je suis très triste de voir ce cercueil et le malheur de ces poules, reprend le roi. Devant vous tous, solennellement, j'accuse donc Renart d'insolence et d'orgueil, et je veux le punir d'avoir rompu la paix. Mais d'abord, il y a plus urgent : Brun, vous allez prendre une étole[1] et vous prierez pour le repos de cette âme. Vous, seigneur Bruyant, creusez une tombe dans ce champ, là-bas. »

Au commandement du roi, on célèbre donc les funérailles de Copette. Tardif le limaçon lit les trois prières, Roënel le chien et Brichemer le cerf se chargent de chanter les versets[2]. L'office terminé, on porte le corps en terre sous un arbre, et on pose pardessus une dalle de marbre sur laquelle est gravée l'épitaphe[3] suivante :

1. **Étole** : bande de tissu décorée que porte le prêtre lorsqu'il dit la messe.
2. **Versets** : les textes de la Bible sont découpés en passages numérotés, appelés « versets ».
3. **Épitaphe** : inscription gravée sur un tombeau, indiquant généralement le nom de la personne qui y est enterrée.

Ci-gît Copette, la sœur de Pinte.
Elle a vécu comme une sainte
Mais Renart l'a cruellement
Martyrisée à coups de dents.

La douleur de Pinte et de Chantecler est si grande qu'elle émeut tous les membres de l'assistance.

Leur chagrin apaisé, les barons se tournèrent vers le roi : « Majesté, il faut nous venger de ce voleur qui s'est moqué de nous et a enfreint la loi.

– Très volontiers, répond le roi Noble. Brun, mon cher frère, allez donc le chercher et dites-lui de ma part que je l'ai attendu trois jours.

– Je le ferai très volontiers, Sire, répond Brun. »

Et sur le champ il se met en route, marchant sans s'arrêter ni se reposer.

Photo 1 : Le corbeau et le Renard

D'après une illustration de Calvet-Rogniat. Paris, Collection privée.

Photo 2 : *Robin des bois*

Dessin animé de Walt Disney, 1973.

Photo 3 : *Les Fourberies de Scapin*

Mise en scène de Jean-Pierre Vincent, avec Daniel Auteuil (dans le rôle de Scapin) et Jean-Paul Farré (dans le rôle d'Argante), Avignon, le 10 juillet 1990.

Photo 4 : *Fast like a Fox* (« Rapide comme un renard »)

Jeu vidéo d'aventures, 2015.

LECTURE ACTIVE 7

→ Voir aussi étape 5, p. 90.

Ysengrin et Hersent portent plainte...
Chantecler, Pinte et ses sœurs demandent justice

As-tu bien lu ?

1 Quand Ysengrin et Hersent viennent-ils porter plainte ?
☐ au printemps ☐ en été ☐ en automne ☐ en hiver

2 De quoi Ysengrin se plaint-il devant le roi ?

3 À quoi voit-on que le roi est finalement très en colère contre Renart, lorsque Chantecler et Pinte portent plainte à leur tour ?

4 Dans *Chantecler, Pinte et ses sœurs demandent justice,* pourquoi verse-t-on de l'eau sur la tête de Pinte ?

5 Avant de commencer le procès, qu'est-ce que le roi ordonne ?
☐ de faire un bon repas
☐ d'enterrer Copette
☐ d'appeler ses amis

Atelier

Le fonctionnement d'un procès

▸ ***Objectif.*** À travers l'histoire de Renart, comprendre le fonctionnement d'un procès.

▸ ***Préparation.*** Par groupe de trois, les élèves relèvent dans les deux histoires tous les faits reprochés à Renart, et les éléments en sa faveur. Ils préparent ensuite deux plaidoiries et rédigent le verdict.

▸ ***Réalisation.*** Chaque groupe lit à la classe les textes préparés, comme dans une salle d'audience, et énonce un verdict.

▸ ***Réfléchir ensemble.*** Qu'est-ce qui rend une plaidoirie convaincante ? Peut-on se contenter d'évoquer des faits ? Sur quoi l'accusateur ou le défenseur doivent-ils insister ? à l'aide de quels procédés ?

La mission de Brun l'ours

Maintenant, si Renart ne trouve pas de ruse, ça va chauffer pour lui, car Brun est déjà parvenu à Maupertuis, au cœur de la forêt. Renart s'est réfugié au fond de sa tanière : il a une grosse poule pour son déjeuner et a mangé dès le matin de belles cuisses de poulet. À présent il se repose, bien tranquille. Brun ne peut entrer car il est trop gros ; il reste donc près de la barrière et crie :

« Renart, c'est moi, Brun, le messager du roi ! Sortez et vous saurez ce que le roi vous veut ! » Renart sait bien que c'est l'ours, il l'a reconnu à sa façon de marcher. Il se demande comment il va pouvoir s'en débarrasser.

« Brun, mon cher ami, vous êtes sûrement épuisé d'avoir dû venir jusqu'ici ! Je m'apprêtais justement à partir, après avoir mangé une délicieuse spécialité française. Je m'étais préparé dès midi du lard avec des pois, pour ne pas avoir faim, et ensuite j'ai mangé au moins sept gâteaux de miel nouveau.

– Au nom de Dieu, s'exclame Brun, par saint Gilles, d'où vient ce miel ? C'est ce que j'aime le plus au monde. Mon cher seigneur, montrez-moi où vous l'avez trouvé, pour l'amour de Dieu ! »

Renart a un petit sourire : c'est si facile de rouler l'ours Brun !

« Brun, dit-il, si j'étais sûr que vous êtes un ami loyal, je vous donnerais tout de suite ce bon miel tout frais qui est là-bas, juste à l'entrée du bois de Lanfroi, le forestier. Mais à quoi bon ? Je sais que vous me voulez du mal.

– Quoi ? Que dites-vous, seigneur Renart ? Vous vous méfiez de moi ? Vous êtes fou ! J'ai juré à Noble le roi de ne jamais être déloyal.

– En ce cas, je vous crois, répond Renart, et je veux bien vous faire confiance. »

Ils se mettent donc en route et se dirigent, bride abattue[1], vers le bois de Lanfroi le forestier. Celui-ci avait commencé à fendre un chêne et avait enfoncé deux coins[2] pour tenir la fente ouverte.

« Brun, mon cher ami, la ruche est là-dedans. Mets-toi à table, et ensuite nous irons boire ! »

Et Brun l'ours mit son nez dans le chêne, ainsi que ses deux pattes de devant, pendant que Renart l'excitait, lui disant d'avancer davantage le museau. Mais il n'y avait pas de miel dans le chêne et Renart, empoignant les deux coins, tira dessus à grand-peine et les sortit de la fente. Pauvre Brun ! le voilà pris au piège, le museau et les pattes coincés dans le tronc !

Renart se moque de lui, l'accusant de manger seul et de ne pas vouloir partager.

Et voici qu'arrive le forestier Lanfroi. À la vue de l'ours pendu au chêne, il retourne au village en criant : « Au secours, au secours ! À l'ours ! à l'ours ! » Les paysans accourent, armés de gourdins et de haches, convaincus qu'ils pourront facilement tuer l'ours.

Brun a grand-peur pour sa peau, il essaie par tous les moyens de se dégager, tire de tous les côtés, au prix de mille souffrances. Il tire si fort que sa peau se déchire et qu'il arrive à sortir du chêne en y laissant son museau. Il a perdu beaucoup de sang, mais il s'enfuit à travers le bois, poursuivi par les paysans. Maintenant Renart est sûr de passer un mauvais quart d'heure si Brun le rattrape ; mais il s'est réfugié dans Maupertuis, sa forteresse, où il ne craint rien ni personne.

1. **Bride abattue** : à toute vitesse, le plus vite possible.
2. **Coins** : sortes de cales triangulaires, de bois ou de métal.

Brun continue à fuir à vive allure et, avant midi, arrive à la cour du roi, où il tombe sans connaissance sur le parvis[1], la tête en sang. Le roi demande : « Brun, qui t'a fait cela ?

– Sire, c'est Renart, répond Brun qui ne peut presque plus parler. »

Le roi se met alors à rugir, s'arrachant les poils de colère.

« Brun, dit-il, je te vengerai si bien que la France entière en entendra parler. Qu'on aille me chercher Renart ! Et ce n'est pas la peine qu'il apporte de l'or ou de l'argent, ni qu'il prépare de belles paroles pour se défendre. Qu'il apporte seulement la corde avec laquelle on le pendra ! »

L'ours brun pris au piège, gravure.

1. **Parvis** : place principale.

Renart est condamné à mort

Lorsque Renart arriva à la cour du roi, toutes les bêtes, sans exception, se préparaient à l'affronter. Ysengrin aiguisait ses dents, Tybert et Brun cherchaient une vengeance. Mais Renart avait l'air de s'en moquer ; la tête haute, au milieu de la salle, il prit la parole :

« Roi, dit-il, je vous salue, moi, le plus fidèle de vos barons. Des jaloux cherchent à me nuire et vous m'avez condamné injustement. Voilà ce qui arrive quand on écoute les malfaisants ; je voudrais bien savoir de quoi m'accusent Brun et Tybert. Mais le roi me convoque et j'obéis, bien que je sois vieux et affaibli. Vous pouvez me faire brûler ou pendre, je ne me défendrai pas. Mais si on exécute quelqu'un sans jugement, c'est une vengeance misérable.

– Renart, Renart, répond le roi, dites-moi donc, sale coquin, pourquoi vous mentez autant. Ah ! vous avez la langue bien pendue et vous savez plaider[1]. Mais inutile de jouer au plus fin[2] : mes barons vont vous juger et vous n'échapperez pas à la punition.

– Sire, dit alors Grimbert le blaireau, n'oubliez pas que Renart est sous votre protection et que si on l'accuse, il faut qu'il puisse se défendre ! »

Grimbert n'avait pas fini de parler que tous se levèrent pour porter plainte : Ysengrin, Tybert le chat, Tiécelin, Chantecler, dame Pinte, tous sont là pour raconter ce que leur a fait subir

1. **Plaider** : faire un discours pour se défendre ou défendre quelqu'un. Dans un tribunal, les avocats font des *plaidoiries*.
2. **Jouer au plus fin** : chercher à être le plus malin.

Renart ! Et tous déclarent que personne ne le regrettera. Il n'y a qu'à le pendre !

« C'est bien parlé, déclare le roi. Qu'on se dépêche, et sans discuter ! Il ne faut pas laisser filer Renart, ou nous pourrions le regretter ! »

Au sommet d'une haute montagne, sur un rocher, le roi fait dresser la potence pour pendre le goupil. On le force à monter jusque-là ; Renart se voit en mauvaise posture, attaché, tenu de tous côtés. Impossible d'échapper à la justice sans une ruse exceptionnelle ! À la vue de la potence, le chagrin l'envahit, alors il dit au roi :

« Cher et noble roi, laissez-moi dire quelques mots. Vous m'avez emprisonné et vous voulez me faire pendre sans raison, mais j'ai commis de grands péchés. Je veux me repentir et faire pénitence. Permettez-moi de prendre la croix et d'aller au-delà des mers[1]. Si je meurs là-bas, mon âme sera sauvée, alors que si vous me faites pendre, vous m'empêcherez de me repentir et votre vengeance sera bien médiocre. » À ces mots, il se jette aux pieds du roi qui ressent une grande pitié. Grimbert revient à la charge et réclame la grâce de Renart :

« Sire, au nom de Dieu, écoutez-moi ! Pensez au courage et à la vaillance de Renart. S'il revient au bout de cinq mois, il pourra vous servir, car vous n'avez pas de meilleur soldat !

– Ne dis pas cela, répond le roi. Quand il reviendra, il sera pire qu'avant, comme tous ceux qui sont revenus des croisades !

– Dans ce cas, il ne reviendra pas, rétorque Grimbert, tant qu'il n'aura pas la conscience tranquille. »

1. **Prendre la croix** : Renart veut « prendre la croix », c'est-à-dire partir en *croisade* (participer à la guerre des chrétiens contre les musulmans, pour reprendre le tombeau du Christ à Jérusalem).

La condamnation de Renart.
Gravure extraite de Reineke Fuchs (XIXe siècle).

- Qui sont les personnages présents sur la gravure ?
- Où se trouve Renart ? Est-il vraiment pendu ? Qu'est-ce qui permet de l'affirmer ?

Et le roi dit : « Alors qu'il prenne la croix, à condition qu'il reste là-bas ! »

À ces mots, Renart est fou de joie !

On fixe la croix sur son épaule droite, on lui apporte la besace et le bâton[1]. Voilà donc Renart devenu pèlerin[2]. Le roi lui demande de renoncer à la ruse et au mal, et le goupil promet tout ce qu'on veut. Il quitte la cour sans saluer personne, sauf le roi et la reine, Fière la magnifique, qui est si belle.

« Priez pour nous, lui dit-elle, et nous prierons pour vous, Renart.

– Madame, répond-il, heureux celui pour qui vous faites des prières. Et si vous me donnez la bague que vous portez, mon pèlerinage sera heureux. Je vous donnerai, à mon retour, plus de cent fois ce qu'elle vaut. »

La reine lui offre sa bague ; Renart la passe à son doigt puis il quitte la cour sans tarder.

Du haut de la montagne, Renart regarde la cour du roi, tous ceux qui viennent de le condamner. Il arrache alors sa croix de pèlerin, jette sa besace et son bâton, et crie d'une voix forte :

« Écoute-moi, Sire ! Je suis revenu des croisades : le Sultan Nourredine ➲ te salue bien ! Il m'a chargé de te dire que les païens tremblent de peur dès qu'ils entendent ton nom ! Ah ! Ah ! Ah ! »

Renart se dirige vers Maupertuis, son château fort, son donjon, où il ne craint aucune attaque. Sa femme et ses fils viennent à sa rencontre. Tous s'occupent de lui, il se moque bien des menaces !

1. **Besace** : sac dans lequel le pèlerin met ses provisions ; le **bâton** l'aide à marcher.
2. **Pèlerin** : celui qui entreprend un long voyage, à pied, pour rejoindre un lieu sacré, par exemple Jérusalem en Terre sainte ou Saint-Jacques-de-Compostelle en Espagne.

➲ **Le sultan Nour ad-din (1118-1174) est un grand chef d'état musulman qui combattit les chrétiens, notamment en 1149, lors de la deuxième croisade.**

LECTURE ACTIVE 8

Renart est condamné à mort

As-tu bien lu ?

1 Renart semble-t-il craindre de passer en jugement ? À quoi le vois-tu ?

2 À quoi le tribunal condamne-t-il Renart ?
- ☐ être battu
- ☐ être pendu
- ☐ être emprisonné

3 Qui prend une nouvelle fois la défense de Renart ?

4 À quelle condition le roi accepte-t-il que Renart « prenne la croix » ?

5 Qu'est-ce que la reine Fière offre à Renart ?
- ☐ sa bague
- ☐ son bracelet
- ☐ son collier

Atelier

Les croisades

▶ ***Objectif.*** Réaliser un exposé sur les croisades*.

▶ ***Préparation.*** Par groupes de quatre ou cinq, les élèves font des recherches sur les croisades au Moyen Âge : qui décide de les organiser ? Quel est leur but ? Comment se déroulent-elles, à quel endroit ? Combien de temps durent-elles ? Quel est l'équipement du croisé ?...

▶ ***Réalisation.*** Chaque groupe présente le résultat de son travail à la classe.

▶ ***Réfléchir ensemble.*** Sur quel radical le mot *croisade* est-il formé ? Pourquoi parlait-on de « guerre sainte » à l'époque ?

DÉFI LECTURE

Que mange Renart ?

Les poissons des marchands

Les marchands que rencontre Renart ont différents poissons dans leur charrette. Relie chaque nom de poisson à la définition qui lui correspond.

Hareng •	• Gros poisson de rivière qui possède une bouche dentée lui permettant de s'accrocher à d'autres poissons, dont il suce le sang pour se nourrir. (nom savant : *petromyzontida*)
Lamproie •	• Poisson long (40 cm à 1,5 m) qui vit successivement dans les eaux douces et salées (nom savant : *anguilla anguilla*)
Anguille •	• Poisson pouvant mesurer 1 mètre, qui vit dans le fond des rivières et qui possède quatre barbillons autour de la bouche (nom savant : *barbus barbus*)
Barbeau •	• Sorte de grosse sardine qui se déplace par bancs dans les eaux froides et fortement salées. On le consomme souvent salé et fumé (nom savant : *clupea harengus*)

Les volailles du poulailler

1 Retrouve, dans la liste suivante, les proies favorites de Renart lorsqu'il entre dans un poulailler.
poule – coq – chapon – canard – oie – pintade – dinde – caille.

2 Quelles volailles ne peut-il manger ? Pourquoi ?

Les jambons d'Ysengrin et les salaisons

Tous les mots suivants sont formés à partir du radical « sel ».
Relie chacun de ces mots à la définition qui lui correspond.

Saler •	• Bassin dans lequel on recueille le sel de mer, après évaporation de l'eau
Un salin •	• Aliment conservé dans le sel
La salaison •	• Récipient contenant du sel
Une salière •	• Rémunération d'un travail effectué
Le salage •	• Ajouter du sel à un aliment ou à un plat
Le salaire •	• Action de répandre du sel sur les routes pour éviter la formation de glace

Le miel de Brun l'ours

1 Renart affirme à Brun qu'il a mangé :
☐ sept poulettes dodues
☐ sept gâteaux de miel nouveau
☐ sept anguilles grillées

2 Renart fait croire à Brun que la ruche se trouve :
☐ sous une branche d'arbre
☐ dans le tronc d'un chêne
☐ dans la cheminée d'une maison

Le fromage de Tiécelin

1 Combien de fromages la vieille femme a-t-elle mis à sécher ?
☐ une dizaine ☐ une centaine ☐ un millier

2 « Mauvaise garde nourrit le loup », déclare Tiécelin à la vieille femme.
a. Selon toi, que signifie ce proverbe ?
b. Retrouve deux autres proverbes ou expressions dans lesquels on parle du loup.

Noces de Fauvel avec Vaine Gloire (détail). Extrait du *Roman de Fauvel*, manuscrit du XIVe siècle. Paris, BNF.

Le Roman de Renart

Le récit des ruses de Renart

REPÈRES

PARCOURS DE L'ŒUVRE

TEXTES ET IMAGES

Conte, fable et fabliau au Moyen Âge

Malgré son titre,* Le Roman de Renart *n'est pas un « roman » au sens où nous l'entendons aujourd'hui. Les aventures du célèbre goupil sont racontées d'une manière amusante et en langue romane, ce qui est nouveau pour l'époque.
Au moment de sa parution, il constitue également un genre nouveau : ces récits ressemblent à la fois aux contes populaires, aux fables de l'Antiquité et aux fabliaux du Moyen Âge.

● LE CONTE : UN MONDE MERVEILLEUX

Le conte est une histoire assez courte, entièrement fictive, c'est-à-dire inventée, dans laquelle apparaissent des éléments « merveilleux ». Le lecteur est transporté dans un monde imaginaire, féerique et enchanteur, où agissent des fées et des sorcières, des ogres et des animaux qui parlent. Il s'agit d'un espace-temps sans rapport avec le monde réel et dans lequel tout est permis : les métamorphoses, la magie...

Dans un texte littéraire, le merveilleux *désigne la présence d'êtres et d'éléments surnaturels (objets : bottes de sept lieues, baguette magique... ; événements : miracles).*

Le conte est l'une des plus anciennes formes de littérature populaire, qui s'est longtemps transmise oralement.

● LA FABLE ET SES ANIMAUX PERSONNIFIÉS

La fable se définit comme un récit très court, en prose ou en vers, associé à un enseignement, une leçon de vie, que l'on appelle la « moralité » de l'histoire.
Le plus souvent, les héros des fables sont des animaux personnifiés, qui parlent et agissent comme des humains, dont ils possèdent les qualités et les défauts.

Leurs aventures sont provoquées par un renversement de la situation initiale et permettent de dégager une leçon des faits évoqués.

• LES FABLIAUX : UN UNIVERS RÉALISTE, DES SUJETS TRÈS QUOTIDIENS

Le fabliau est un genre typique du Moyen Âge. Ce récit court et amusant fait rire le public en présentant des personnages aux traits simples et souvent grossiers, caricaturaux.
Ce genre est marqué par le réalisme : les sujets des fabliaux sont empruntés à la réalité quotidienne des paysans et de la petite bourgeoisie de l'époque, dont ils se moquent.

Le Roman de Renart : les trois genres à la fois

Les aventures de Renart sont des récits courts : l'action est rapide, les épisodes s'enchaînent les uns aux autres.
Comme le conte et la fable, Le Roman de Renart met en scène des animaux qui agissent et parlent à la façon des humains, donnant au récit une tonalité « merveilleuse ».
Comme dans la fable et le fabliau, les récits sont amusants, proches de l'univers du public populaire auquel ils étaient destinés, avec une leçon plus ou moins clairement exprimée.

Conseil présidé par Fauvel (extrait du *Roman de Fauvel*), manuscrit du XIVe siècle. Paris, BNF.

La satire et la parodie

Au Moyen Âge, la vie des paysans est loin d'être facile : conditions de vie, pouvoir des seigneurs* et interdits religieux rendent plus lourd encore le poids des charges supportées par les vilains* et les serfs*.* Le Roman de Renart *est l'un des premiers textes permettant au peuple d'oublier un peu ses misères, en se moquant, de façon amusante, des puissants et des riches.

• QU'EST-CE QU'UNE SATIRE ?

La satire* consiste à critiquer un défaut humain, ou un fonctionnement politique, une institution religieuse, sociale... en faisant rire le public.
C'est un genre très ancien, qui existait déjà chez les Grecs et les Romains. Des auteurs de l'Antiquité ont ainsi écrit des pièces de théâtre, des textes en vers ou en prose, dans lesquels ils dénonçaient les vices ou les défauts de leurs contemporains.
Dans les fabliaux du Moyen Âge, plusieurs auteurs font rire les vilains en critiquant leurs oppresseurs (chevaliers, membres du clergé et fonctionnaires royaux).
De même, dans *Le Roman de Renart*, la ruse du héros et ses moqueries s'exercent aux dépens de ceux qui détiennent le pouvoir, et montrent aussi que l'on peut être plus fort que les puissants et les riches : *Miex fait l'engien que ne fait force* (« L'esprit fait mieux que la force »).

• CAMOUFLER LA CRITIQUE

Se moquer des institutions, du pouvoir politique, est une entreprise risquée. Ceux qui détiennent le pouvoir n'aiment pas que l'on se moque d'eux, et ils ont les moyens de se venger. Dans ces conditions, comment faire pour critiquer sans être sanctionné ? Pour se moquer sans prendre aucun risque ?
Souvent, les auteurs de textes satiriques préfèrent rester anonymes : ils ne signent pas leurs textes ou ils prennent un pseudonyme (c'est-à-dire un nom inventé).

La fable : un procédé habile

La fable permet de se moquer sans prendre de risque : on camoufle la critique en faisant parler et agir des animaux. Dans Le Roman de Renart, *on ne pourra pas reprocher à l'auteur de critiquer le roi de France lorsqu'il se moque du lion Noble. Pourtant, tout le monde comprend l'allusion.*

● QU'EST-CE QU'UNE PARODIE ?

Une parodie* est une œuvre qui s'inspire d'une autre œuvre et l'imite pour s'en moquer.
Le Roman de Renart est une parodie du roman de chevalerie, très apprécié au Moyen Âge.
Les personnages ressemblent à des seigneurs : ils ont des fiefs et des familles, des montures, se rendent à la cour du roi et font serment de fidélité... Mais ils passent leur temps à avoir faim et à tromper leurs voisins ; leurs comportements sans foi ni loi sont à l'opposé des valeurs chevaleresques et ils manquent parfois de courage.
Les rituels religieux, les prières et les enterrements sont également parodiés dans *Le Roman de Renart*. Si le loup Ysengrin fait rire lorsqu'il parle latin, c'est qu'il est amusant de se moquer du langage des moines*, que personne ne comprend.

Combat de Renart et Ysengrin, manuscrit du XIIIe siècle. Paris, BNF.

Étape 1 • Découvrir le personnage de Renart

SUPPORT • *Renart et les jambons d'Ysengrin* (p. 14).

OBJECTIF • Dresser un premier portrait du héros, dégager sa caractéristique principale.

Le héros de l'histoire

1 De tous les personnages présents dans l'histoire, quel est celui qui agit le plus ? Cite cinq verbes du texte pour illustrer ta réponse.

2 Complète le tableau suivant en indiquant les caractéristiques des personnages au début et à la fin de l'histoire.

	Au début	**À la fin**
Ysengrin	Riche (il possède trois jambons)...	
Renart	Affamé...	

3 Quel but le goupil cherche-t-il à atteindre dans cette histoire ?

L'intelligence et la ruse du goupil

4 Pourquoi Renart découpe-t-il les jambons avant de les cacher sous son lit ?

5 Pourquoi revient-il le lendemain dans la maison d'Ysengrin ?

6 Renart pouvait-il obtenir les jambons par la force ? Pourquoi ?

7 Montre qu'il a élaboré un stratagème en complétant le tableau suivant. Tu dois retrouver dans le texte les étapes de son plan.

lignes 11 à 13	Renart voit les jambons et espère en avoir un morceau.
lignes ... à ...	Il conseille à son oncle de faire croire à un vol.
lignes 24 à 28	....
lignes ... à ...	Il revient chez son oncle et fait semblant de découvrir le vol.
lignes ... à ...	Il félicite Ysengrin qui pousse des cris de désespoir.

8 À ton avis, pourquoi Renart part-il en « riant sous cape » (l. 69) ?

La langue et le style

9 Changement de ton. Avec quels mots Ysengrin s'adresse-t-il à Renart au début de l'histoire ? Et à la fin ?

10 Changement de mot. Renart est un *goupil*. Recherche dans un dictionnaire l'origine de ce mot.

Faire le bilan

11 Un personnage malicieux. Complète le texte à l'aide des mots suivants : goupil – ruse – malice – humain – trompeur – tours.

Le héros du *Roman de Renart* est un .... appelé Renart. Il agit et parle comme un .... et exerce sa .... aux dépens des autres.

Ses .... et sa .... sont devenus célèbres, faisant de lui un .... universel.

À ton avis

12 Mauvaises actions. D'après toi, qu'est-ce qui est le pire pour Ysengrin : avoir été volé par Renart, ou que ce dernier se moque de lui ?

Écrire maintenant

13 Amers reproches. Après le départ de Renart, Ysengrin et Hersent se reprochent d'avoir mal protégé leurs jambons. Imagine ce qu'ils se disent, dans un dialogue d'une quinzaine de lignes.

14 Une déclaration. Ysengrin explique au maire du village qu'on lui a volé trois jambons. Imagine son récit.

Étape 2 • Caractériser les personnages

SUPPORT • *Renart et Chantecler* (p. 18) et *Renart et la mésange* (p. 24).

OBJECTIF • Classer les personnages du *Roman de Renart* et retrouver les « types ».

Des animaux personnifiés : les habitants du poulailler

1 Dans *Renart et Chantecler*, pourquoi le paysan a-t-il bien entouré son enclos avec des pieux et des aubépines ?

2 Relève le nom des trois poules et du coq. Complète le tableau suivant en expliquant pourquoi on les a appelés ainsi.

	Nom	Explication
Le coq		
Poule 1		
Poule 2		
Poule 3		

3 Quels détails montrent que ces animaux agissent comme des humains ?

4 Quel adjectif correspond le mieux à Chantecler ?

☐ courageux ☐ vigilant ☐ patient
☐ vaniteux ☐ généreux ☐ méfiant

Des personnages types

5 Quel détail montre que la poule Pinte est un personnage très intelligent ?

6 Quelle ruse la mésange emploie-t-elle pour tromper Renart ?

7 Qui est le vainqueur à la fin de ces deux histoires ?

Les personnages secondaires

8 Dans *Renart et Chantecler*, comment les paysans réagissent-ils lorsque Renart s'empare du coq ? Cela est-il surprenant ?

9 Dans les deux histoires, les chiens qui pourchassent Renart sont-ils présentés comme des animaux ordinaires ou comme des humains ?

La langue et le style

10 À la campagne. Constant Denois est un riche *paysan* : que signifie ce mot dans son sens premier ? Trouve d'autres mots formés à partir du même radical et donne leur définition.

11 Une société très divisée. Au Moyen Âge, les paysans s'appellent des *vilains* ou des *serfs*. Donne la définition de ces deux mots et explique leur différence de sens.

Faire le bilan

12 Représentations symboliques. Renart est le symbole de la ruse. Que symbolise le coq Chantecler ? la poule Pinte et la mésange ?

13 Idéal et réalité. Quels éléments apparentent ces récits au registre merveilleux ? Quels sont ceux, au contraire, qui les ancrent dans le monde réel ?

À ton avis

14 Le pouvoir de la parole. Penses-tu que l'on peut arriver à ses fins, comme Renart ou Chantecler, en utilisant uniquement la parole ? Qu'est-ce qui montre que la parole a une très grande importance dans la société médiévale ?

Enquêter maintenant

15 Pas si bête… Beaucoup d'expressions associent une qualité humaine et le nom d'un animal *(être malin comme un singe ; être têtu comme une mule…)*. Recherche le plus possible d'expressions de ce type et essaie de trouver pourquoi on a attribué à l'animal la caractéristique en question.

Étape 3 • Définir le genre des récits

SUPPORT • *Renart et Tiécelin le corbeau* (p. 28) et *Renart et les anguilles* (p. 32).

OBJECTIF • Retrouver les caractéristiques de la fable dans les épisodes du *Roman de Renart*.

Une action rapide

1 À ton avis, combien de temps dure chacune des aventures de Renart dans les deux récits ?

2 Pourquoi Tiécelin et les marchands tombent-ils si facilement dans le piège de Renart ?

Des animaux qui parlent

3 Dans les deux textes, qui sont les personnages principaux ?

4 Qu'est-ce qui montre qu'ils agissent pourtant comme des humains ? Complète le tableau suivant en donnant des exemples.

Situations	Exemples
Les personnages parlent.	
Ils expriments leurs sentiments.	
Ils ont des qualités et des défauts.	

5 Renart parle très souvent. À quoi lui sert la parole lorsqu'il s'adresse à Tiécelin ? Et lorsqu'il s'adresse aux marchands ?

Une belle leçon

6 Pour quelle raison le corbeau Tiécelin a-t-il perdu son fromage à la fin de l'histoire ?

7 Qu'auraient dû faire les marchands pour éviter que Renart leur vole les harengs et les anguilles ?

8 Quel sentiment éprouvent-ils à la fin de cette histoire ? À quoi le voit-on ?

La langue et le style

9 **Paroles et musique.** Dans *Renart et Tiécelin le corbeau*, relève tous les mots appartenant au champ lexical de la musique.

10 **À vos souhaits !** « Que Dieu vous protège ! Que Dieu vous garde ! » Quel est le mode employé dans ces phrases prononcées par Renart ? Retrouve deux expressions au même mode (une prononcée par Tiécelin et l'autre par les marchands).

Faire le bilan

11 **Histoires courtes.** En t'aidant des réponses aux questions 1 à 8 (et du « Repère » p. 78), explique pourquoi on peut dire que les histoires du *Roman de Renart* ressemblent à des fables.

À ton avis

12 **Être sur ses gardes.** Doit-on toujours se méfier des autres, ou vaut-il mieux leur faire confiance ? Avec quelques camarades, réfléchis aux avantages et aux inconvénients de chaque position.

Enquêter maintenant

13 **Ressemblances et différences.** Recherche au CDI la fable « Le Corbeau et le Renard », de Jean de La Fontaine. Quelles différences remarques-tu entre la fable et *Renart et Tiécelin le corbeau* ? Lequel des deux textes préfères-tu ? Explique ton choix à l'aide de deux arguments au moins.

Écrire maintenant

14 **Une leçon de vie.** En quelques phrases courtes, rédige la moralité que l'on pourrait énoncer après avoir lu l'histoire dans laquelle Renart vole les marchands d'anguilles.

Étape 4 • Étudier les procédés comiques

SUPPORT • *La tonsure d'Ysengrin* (p. 36) et *La pêche à la queue* (p. 40).

OBJECTIF • Analyser la tromperie comme procédé comique et faire apparaître tous les aspects comiques des récits.

Des situations qui font rire

1 Dans ces histoires, Renart fait deux mensonges à Ysengrin. Lesquels ?

2 Quelles sont les conséquences de ces mensonges ? Indique tout ce qui peut faire rire dans l'attitude du loup.

3 À la fin des deux histoires, dans quel état Ysengrin se retrouve-t-il ? Complète le tableau en indiquant ce qui a changé pour lui.

	Au début	**À la fin**
Ysengrin	a très faim	
Dans *La tonsure d'Ysengrin*, sa tête est...		
Dans *La pêche à la queue*, sa queue est...		

Des personnages qui font rire

4 À quoi voit-on que Renart, dès le début de chaque histoire, a décidé de se moquer d'Ysengrin ?

5 Dans *La pêche à la queue*, quel détail montre qu'Ysengrin n'est pas très intelligent ? Quel défaut pourrait-il symboliser ?

6 Que fait Renart, à la fin des deux histoires, pour se moquer encore davantage d'Ysengrin ?

Des allusions satiriques

7 Dans *La tonsure d'Ysengrin*, Renart assure qu'Ysengrin sera bientôt « prieur ou abbé » (l. 58-59). Pourquoi peut-on considérer que c'est une satire de la religion ?

8 Retrouve dans *La pêche à la queue* des éléments qui font la satire des combats de chevalerie.

La langue et le style

9 ***In nomine Domini.*** Dans le premier récit, relève tous les mots qui appartiennent au champ lexical de la religion et donne leur définition en t'aidant des notes du livre.

10 **S'il vous plaît !** Réécris les ordres ou les prières selon l'exemple du tableau.

Impératif	***Il faut que...*** **+ subjonctif**
« Ouvrez-moi la porte. »	
« Accordez-moi l'hospitalité. »	Il faut que vous m'accordiez l'hospitalité.
« Approchez et acceptez cette nourriture. »	
« Dépêchons-nous. »	
« Prenez le seau et attachez-le moi solidement à la queue. »	

Faire le bilan

11 **Histoires drôles.** Les aventures de Renart sont drôles encore aujourd'hui. Explique pourquoi elles faisaient particulièrement rire le public au Moyen Âge (aide-toi du « Repère » p. 80-81).

À ton avis

12 **Réfléchir avant d'agir.** Qu'aurait dû faire Ysengrin, s'il avait été plus intelligent, au moment où Renart l'a emmené pêcher sur l'étang gelé ?

Enquêter maintenant

13 **Moquerie et méchanceté.** Lis les aventures de Renart et de Tybert le chat (p. 44 à 50). Y a-t-il d'autres moments où Renart se moque gratuitement d'autrui ? Ou bien est-ce lui qui est victime des moqueries des autres ?

Étape 5 • Reconnaître un texte satirique

SUPPORT • *Ysengrin et Hersent portent plainte devant la cour du roi* (p. 58) et *Chantecler, Pinte et ses sœurs demandent justice* (p. 62).

OBJECTIF • Reconnaître les moyens employés pour se moquer des institutions sociales.

Le procès de Renart à la cour du roi

1 Qui a convoqué tous les animaux à la cour du roi ? Dans quel but ?

2 Qui est pourtant absent de cette assemblée ?

3 Retrouve dans le texte les étapes du procès de Renart : complète le tableau en indiquant qui parle et ce que signifient les paroles prononcées.

	Qui parle ?	**Contenu des paroles**
L'accusation	Ysengrin	
La plaidoirie « à charge »		« Il faut que justice soit faite » signifie : on doit aller chercher Renart pour le juger.
La plaidoirie de la défense		
Le jugement du président du tribunal		

La parodie et la satire

4 Dans la première histoire, pourquoi Ysengrin refuse-t-il que sa femme subisse le « jugement de Dieu » (l. 54) ?

5 Dans les lignes 50 à 62, qu'est-ce qui permet de dire que le roi n'a pas très envie de faire un procès ?

6 L'âne Bernard prend la parole (l. 41 à 47). Son intervention est-elle pertinente ? Explique pourquoi elle peut faire sourire.

7 Qui est chargé, normalement, de dire les textes religieux et d'organiser les enterrements ? Qui est désigné pour le faire dans la deuxième histoire ?

La langue et le style

8 **L'origine des mots.** Tu as compris ce qu'est une épitaphe*. Cherche dans un dictionnaire l'étymologie de ce mot. Connais-tu d'autres mots provenant de la même langue ? Cites-en au moins trois.

Faire le bilan

9 **Imiter pour faire rire.** Peut-on prendre au sérieux ce procès et cet enterrement ? En t'aidant des réponses aux questions 1 à 7, explique pourquoi les cérémonies décrites ne sont que des parodies*.

10 **La justice du roi.** Cette présentation de Noble le lion et de sa cour déguise une critique : laquelle ? contre qui ou contre quoi ?

À ton avis

11 **Une superstition dangereuse.** Le « jugement de Dieu » n'existe plus aujourd'hui, heureusement ! Donne au moins deux raisons pour expliquer que cette pratique, fondée sur la croyance, ne pouvait pas constituer une preuve d'innocence ou de culpabilité.

Enquêter maintenant

12 **La justice moderne.** Avec quelques camarades, effectue des recherches au CDI ou sur Internet. Comment se passe un procès aujourd'hui ? Quelles sont les personnes présentes ? Réalise un schéma représentant une salle d'audience, et places-y les différents intervenants.

Étape 6 • Dresser le portrait du héros

SUPPORT • L'ensemble des textes.

OBJECTIF • Analyser diverses facettes de la personnalité de Renart.

La dernière tromperie de Renart

1 Qui est la dernière victime de Renart ?

2 Deux personnages ont soutenu Renart lors de son procès ; pourquoi peut-on considérer qu'ils sont trahis eux aussi ?

3 À ton avis, Renart tiendra-t-il la promesse qu'il a faite à Fière, la reine ?

Un personnage sans foi ni loi

4 Renart ne se comporte pas en véritable chevalier. Complète le tableau en donnant des exemples.

Les vertus chevaleresques	Les actions de Renart
Loyauté	
Courage	« Renart s'enfuit au plus vite » (p. 26, l. 55) « À la vue de la potence, le chagrin l'envahit... » (p. 70, l. 33)
Générosité	
Courtoisie	

Un personnage plein de malice

5 Pourquoi le roi s'est-il laissé convaincre de laisser la vie sauve à Renart, malgré le verdict du tribunal ?

6 Jusqu'au dernier moment, Renart se montre beau parleur : dans quel but s'adresse-t-il à la reine (p. 72, l. 61-64) ?

7 À quoi voit-on, dans les dernières lignes de *Renart est condamné à mort*, que celui-ci se moque aussi du roi, en plus de l'avoir trompé ?

La langue et le style

8 Parler en images. Que veut dire Renart lorsqu'il déclare à Ysengrin (p. 56, l. 74) : « Me voici sorti des griffes du diable et tu rejoins le monde des démons » ? Comment appelle-t-on une expression de ce type ?

9 Expressions figées. « Maintenant, il faut m'appeler "feu Renart" », déclare le goupil page 55. Cherche dans un dictionnaire l'origine et la signification exacte de cette expression.

Faire le bilan

10 Le champion de la ruse. Complète le texte en employant les mots proposés : ruses – trompeur universel – paroles – trahir – se moquant.

Pour se tirer d'affaire, Renart est prêt à toutes les . . . . Il n'hésite pas à . . . . ses amis et ne craint personne, pas même le roi. Son intelligence et ses belles . . . . lui permettent de se sauver, en . . . . du reste du monde. Il n'épargne personne : c'est un . . . .

À ton avis

11 Une personnalité complexe. Renart est-il finalement un personnage sympathique ou antipathique ? Justifie ta réponse à l'aide des textes que tu as lus.

Écrire maintenant

12 C'est mon choix ! Tu as lu les aventures de Renart. Quelle est celle que tu as trouvée la plus rusée ? Explique pourquoi.

Étape 7 • Étudier les rapports entre hommes et animaux au Moyen Âge

SUPPORT • L'ensemble des textes et l'enquête.

OBJECTIF • Comprendre les rapports entre les paysans et les animaux au Moyen Âge.

La quête des animaux

1 Quel est le mobile principal des animaux que tu as vus agir dans *Le Roman de Renart* ?

2 Quels sont les proies favorites de Renart et Ysengrin ? Dans quelle catégorie d'animaux peux-tu les classer ? (Aide-toi de l'enquête pour répondre.)

*Les actions des vilains**

3 Quelles sont les intentions des paysans lorsqu'ils rencontrent des animaux sauvages ? Complète le tableau.

Animal rencontré	Intentions des paysans
Ysengrin prisonnier de la glace	
Brun coincé dans la fente de l'arbre	
Renart pris au piège sur le chemin	

4 Pourquoi les marchands de poissons se réjouissent-ils de trouver un goupil sur leur chemin (p. 33) ?

La langue et le style

5 **Montrer sa colère.** Quels sont les signes de ponctuation qui expriment la colère des vieilles femmes (p. 22 et 28) et des marchands de poissons (p. 33) après les vols commis par Renart ?

Faire le bilan

6 **La lutte sauvage**. Comment peut-on expliquer que les paysans cherchent à se débarrasser de Renart et des autres animaux sauvages ?

7 **Une obsession quotidienne.** Quelle était la préoccupation majeure des bêtes et des gens au Moyen Âge ?

À ton avis

8 **Défense organisée**. Qu'est-ce qui permettait aux hommes de se défendre contre les animaux sauvages ? Les hommes et les animaux luttaient-ils à égalité ?

Enquêter maintenant

9 **Un régime sévère**. Les gens du Moyen Âge pouvaient-ils manger les cinq aliments suivants : pommes de terre, maïs, sucre, tomate, chocolat ? Explique pourquoi.

10 **À la carte**. Fais une recherche au CDI : quel était le menu de base d'un vilain ? d'un seigneur* et de sa famille ?

11 **Précautions à prendre**. Rédige la liste de ce que doit faire le paysan du Moyen Âge pour protéger ses récoltes et ses provisions.

Étape 8 • Étudier les représentations de Renart et leur évolution dans le temps

SUPPORT • Plats 2 et 3 de couverture ; cahier photo central.

OBJECTIF • Étudier les représentations imagées de Renart et constater la pérennité du personnage à travers le temps. Approfondir ses connaissances en histoire des arts.

Un animal personnifié

1 **Plat 2 de couverture. a.** À quoi voit-on que les animaux sont personnifiés ?
b. Que fait Renart ? À qui s'adresse-t-il ? À ton avis, quelle est sa véritable intention ?

2 **Photo 2 du cahier central.** Robin des bois est représenté sous les traits d'un renard. Quels éléments montrent pourtant qu'il s'agit d'un être humain ?

Le symbole de l'intelligence et de la ruse

Cahier photo central

3 **Photo 1.** Comment l'illustrateur de la fable montre-t-il la ruse du renard ?

4 **Photo 2.** Quelle caractéristique de Robin des bois l'expression du renard révèle-t-elle ?

5 **Photo 3.** Lequel des deux personnages te semble le plus rusé ? Pourquoi ?

Plat 3 de couverture

6 Pourquoi, sur cette affiche, le visage du personnage est-il dans l'ombre ? Quel rapprochement peux-tu faire avec le titre du film ?

7 Sur quel élément porte l'éclat de lumière ? Pourquoi ? Que signifie le *Z* central ?

8 Quelles sont les couleurs dominantes de l'affiche ? Que symbolisent-elles dans notre civilisation ?

Pistes de travail en histoire des arts
Recherche les symboles fréquemment associés aux couleurs suivantes.
Bleu : ....
Blanc : ....
Vert : ....
Noir : ....
Roux ou orange : ....

9 Que signifie le mot espagnol *zorro* ? Recherche les paroles du générique de la série télévisée du même nom : sur quoi le refrain insiste-t-il ?

Une représentation stylisée

10 Dans la photo 2 du cahier photo central, quelle est la technique employée pour représenter le renard ? Qu'est-ce qu'un film d'animation ?

Photo 4

11 a. L'animal représenté dans ce document est-il réaliste ? Quels éléments physiques manquent à ce portrait ? À quoi reconnaît-on cependant immédiatement un renard ?
b. À quoi fait penser sa posture ? Qu'évoque la forme de sa queue ?

12 a. Que signifie l'expression *Fast like a Fox* ? Quel rapprochement peux-tu faire entre l'image et le titre de ce jeu vidéo ?
b. Quelle est donc, ici, l'autre qualité associée au renard ?

Faire le bilan

13 De quelle époque date l'image reproduite en plat 2 de couverture ? De quelle époque date le jeu vidéo *Fast like a Fox* (photo 4) ? Que peux-tu en conclure ?

Pistes de travail en histoire des arts
Comment représente-t-on le mouvement dans un dessin ? Dans les bandes dessinées ? Cherche des exemples de vignettes ou de dessins montrant le mouvement des personnages.

Le triomphe de la ruse : groupement de documents

OBJECTIF • Comparer divers documents traitant de la ruse et de la tromperie pour comprendre l'universalité de ces thèmes.

DOCUMENT 1 *« Le Renard et la Cigogne »*

Le renard est très souvent le héros des fables écrites par la Fontaine au XVIIe siècle. Là encore, il exerce sa ruse aux dépens des autres personnages…

Compère le Renard se mit un jour en frais,
Et retint à dîner commère la Cigogne.
Le régal fut petit et sans beaucoup d'apprêts :
Le galant, pour toute besogne
Avait un brouet clair (il vivait chichement[1]).
Ce brouet fut par lui servi sur une assiette :
La Cigogne au long bec n'en put attraper miette,
Et le drôle eut lapé le tout en un moment.
Pour se venger de cette tromperie,
À quelque temps de là, la Cigogne le prie.
« Volontiers, lui dit-il, car avec mes amis
Je ne fais point cérémonie. »
À l'heure dite, il courut au logis
De la Cigogne son hôtesse[2] ;
Loua très fort sa politesse ;
Trouva le dîner cuit à point :
Bon appétit surtout ; renards n'en manquent point.
Il se réjouissait à l'odeur de la viande
Mise en menus morceaux, et qu'il croyait friande[3].
On servit, pour l'embarrasser,
En un vase à long col et d'étroite embouchure[4].
Le bec de la Cigogne y pouvait bien passer ;
Mais le museau du sire était d'autre mesure.
Il lui fallut à jeun retourner au logis,

Honteux comme un renard qu'une poule aurait pris,
Serrant la queue, et portant bas l'oreille.
Trompeurs, c'est pour vous que j'écris :
Attendez-vous à la pareille.

LA FONTAINE, *Fables*, I, 18, 1668-1694.

1. **Brouet** : potage ; **chichement** : pauvrement.
2. **Hôtesse** (*hôte* au masc.) : la personne qui reçoit quelqu'un.
3. **Friande** : délicieuse.
4. **Embouchure** : ouverture.

DOCUMENT 2 *« Ce que peut faire la peur »*

Connu dans tout l'Orient, Nasr Eddin Hodja est un personnage célèbre, sorte de bouffon qui aurait vécu en Turquie, aux alentours du XIIIe siècle.

Nasr Eddin, qui veut obtenir quelque faveur de Timour Leng[1], se met dans l'idée de lui offrir un canard rôti. Il demande donc à sa femme de préparer la volaille. Cela fait, il l'installe dans un panier et se dirige vers le palais. Mais la bête dégage une odeur tellement appétissante qu'à peine parti de chez lui Nasr Eddin n'y tient plus. Il arrache une cuisse, et la déguste tout en marchant. Puis il se présente à Timour.

– Ô notre souverain, j'ai le grand honneur de t'offrir un canard que ma femme a spécialement rôti pour toi.

– Bienvenue, Nasr Eddin ! Tu m'apportes mon plat préféré. Si tu as une requête[2], elle sera bien considérée.

Mais Timour découvre aussitôt qu'il manque une cuisse au canard.

– Prends garde, insolent ! Comment as-tu le front d'offrir à ton maître un plat déjà entamé ? Dois-je donc manger tes restes ?

– Mais, seigneur, dit Nasr Eddin sans se départir de son calme, tu sais bien que les canards n'ont qu'une patte à l'état naturel ! Je vais t'en donner la preuve immédiatement, d'ailleurs.

Et Nasr Eddin entraîne le terrible boiteux vers la fenêtre, d'où l'on voit plusieurs canards endormis se tenir sur une seule patte.

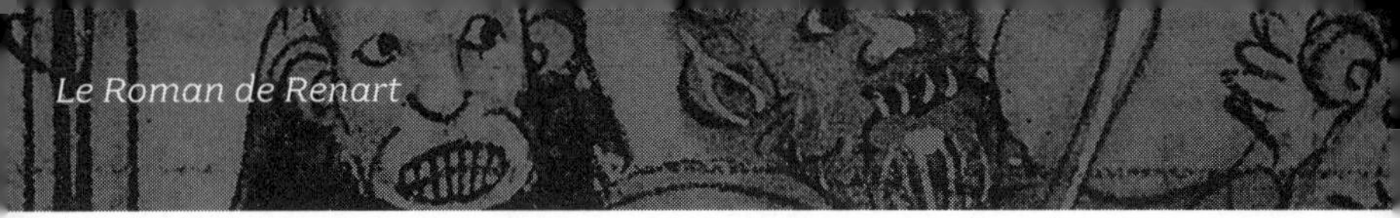

Aussitôt Timour se penche au-dehors et se met à crier et à frapper des mains. Les canards effrayés s'enfuient vers la pièce d'eau.

– Alors, les canards n'ont qu'une patte, Nasr Eddin ?

– Évidemment, si tu leur fais peur, ça change tout. Moi, quand tu as crié, je me suis senti pousser des ailes !

Sublimes paroles et idioties de Nasr Eddin Hodja,

1. **Timour Leng** : nom persan du puissant roi mongol Tamerlan (XIVe siècle).
2. **Requête** : demande.

DOCUMENT 3 ***« Le menu le plus chèrement payé »***

Héros légendaire des pays germaniques, Till Eulenspiegel amuse le public en se moquant des puissants et des riches qu'il trompe en jouant sur les mots. Eulenspiegel, le nom allemand de ce personnage, a donné l'adjectif français « espiègle ».

À l'auberge voisine, Till demanda un peu de nourriture « pour l'amour de Dieu »... L'hôtesse lui expliqua qu'elle pouvait seulement lui servir un repas pour de l'argent. Pour vingt sous, quarante sous, et un écu.

Till réfléchit et conclut :

– Eh bien, donnez-moi le menu le plus chèrement payé.

Comme il se levait après avoir bien mangé et bien bu, la femme lui réclama un écu.

– Mais c'est vous qui me devez de l'argent ! s'écria Till, outré. J'avais compris que j'allais le gagner, l'écu ! Moi qui me suis donné tant de mal pour avaler toutes ces victuailles...

– Vous pouvez toujours attendre, filou ! s'emporta l'hôtesse. Décampez, et que je ne vous revoie jamais !

Ce que fit Till, sans se faire prier davantage.

Till l'Espiègle, illustré par GIANNINI, © Éditions Gautier-Languereau, 1985.

DOCUMENT 4 « *Le voleur de beurre* »

Dans toute l'Europe, le renard est un héros du folklore populaire. Dans les contes scandinaves (Suède, Norvège, Danemark, Finlande), on le voit jouer des tours aux autres animaux de la forêt. Ainsi, dans Le Voleur de beurre, *un conte finnois, l'ours et le renard, après avoir travaillé chez un paysan, ont reçu un sac de farine et un tonnelet de beurre comme salaire. Ils enferment ces provisions dans la cave.*

Un jour, le renard se tourna vers son camarade :

– Connais-tu la nouvelle, ours ? Le meunier vient d'avoir un enfant et il m'a invité au baptême pour être le parrain de cet enfant !

– Oui, oui, répliqua l'ours, je sais que rien dans la région ne peut se passer sans toi !

– Évidemment, quelqu'un qui marmotte[1] tout le temps, comme toi, n'est jamais invité nulle part, riposta le renard.

Le lendemain matin, il fit semblant de se préparer pour partir au baptême. Il peigna son plastron blanc, se frisa les moustaches, arrangea sa queue et partit fièrement vers le village. Dès qu'il fut parti, l'ours s'allongea sur le four à pain pour avoir bien chaud et s'endormit. Mais le renard n'était pas parti bien loin, bientôt il fit demi-tour et retourna à la maison. Là, il se glissa doucement dans la cave, ouvrit le tonnelet contenant le beurre et lécha et lécha le bon beurre. Après, il repartit dans la forêt, dormit un peu au soleil et le soir, il rentra à la maison.

Après un certain temps, le renard eut de nouveau envie de manger du beurre. Il dit alors à l'ours :

– Tu n'as pas entendu dire que le maire a eu un enfant ? C'est demain le baptême et je suis invité à être le parrain !

– Encore ! s'étonna l'ours, aucun événement ne se passe donc sans toi !

Le renard sourit et le lendemain, endimanché[2], il partit pour le village. L'ours, après son départ, monta sur le four à pain et s'endormit. Cependant, le renard fit aussitôt demi-tour et bientôt il fit bonne chère[3] dans la cave avec le tonnelet de beurre.

[Le Renard recommence ce stratagème une troisième fois, si bien que le tonnelet de beurre est complètement vide. Il accuse alors l'ours d'avoir mangé tout le beurre, et lui propose une épreuve : la chaleur du feu, en faisant fondre le beurre, désignera le coupable.]

Le renard rajoutait sans cesse du bois dans le feu. Au bout d'un moment, l'ours s'endormit. Et c'est cela que le renard attendait. Il gratta alors dans le tonnelet les derniers restes de beurre et les étala sur les pattes arrière de l'ours. Puis il réveilla l'ours et commença à le réprimander[4] :

– Eh bien ! Voilà le voleur ! J'en étais sûr ! Regarde-toi ! Le beurre a coulé de tes pattes, espèce de voleur !

Alors, l'ours renonça à se défendre. Mais, sachant qu'il était innocent, il quitta le renard définitivement et sans regret. Depuis ce temps-là, l'ours évite la société et vit en solitaire.

Contes scandinaves racontés par MILOS MALY, Éditions Gründ, 1983.

1. **Marmotte** : parle entre ses dents.
2. **Endimanché** : vêtu de ses plus beaux habits.
3. **Il fit bonne chère** : il fit un bon repas.
4. **Réprimander** : gronder.

DOCUMENT 5 ***Ulysse et les Sirènes***, mosaïque romaine du IIe siècle.
Musée national du Bardo, Tunis.

*Le musée du Bardo rassemble l'une des plus belles et des plus grandes collections de mosaïques romaines du monde. Parmi elles, il y en a une qui illustre l'aventure d'Ulysse et des Sirènes dans l'*Odyssée*, d'Homère. Les Sirènes sont des monstres marins qui attirent les navigateurs par leurs chants mélodieux et provoquent les naufrages. Pour pouvoir écouter leurs mélodies sans prendre de risque, Ulysse s'est fait attacher au mât de son navire ; ses compagnons, les oreilles bouchées par de la cire, rament et s'éloignent de l'endroit dangereux.*

As-tu bien lu ?

Document 1

1 Quel repas le Renard a-t-il servi à la Cigogne ? Pourquoi ne peut-elle pas le manger ? Quelle ruse la Cigogne trouve-t-elle pour se venger ?

Document 2

2 Pourquoi Nasreddin Hodja se bouche-t-il le nez sur le chemin du palais de Tamerlan ? À la fin de l'histoire, pourquoi est-il obligé de partir très vite ?

Document 3

3 Que veut dire Till quand il demande à l'hôtesse de l'auberge un repas « pour l'amour de Dieu » (l. 1-2) ?

4 Pourquoi peut-on dire que Till trompe l'hôtesse en jouant sur les mots ?

Document 4

5 Quelle ruse le renard emploie-t-il pour tromper son compagnon ? Quel défaut de l'ours lui permet de réussir facilement ?

Lire les images

Document 5

6 Qui sont les personnages représentés ? Que sont-ils en train de faire ? À quoi reconnais-tu les Sirènes ?

7 Comment le chant des Sirènes est-il représenté ?

8 Regarde attentivement les yeux des personnages : à quoi voit-on qu'Ulysse seul entend le chant des Sirènes ?

Plats 2 et 3 de couverture

9 Comment Renart est-il habillé ? Pour quelle raison a-t-il choisi ce déguisement ?

10 À quels éléments voit-on que le personnage représenté est un héros de la ruse ?

Comparer les documents

11 Dans les quatre textes, il est question de nourriture. Cite les phrases qui montrent que les personnages ont faim ou sont gourmands.

Texte 1 Renart a faim Renart est gourmand	....
Texte 2 Nasr Eddin est gourmand	....
Texte 3 Till a faim Till est gourmand	....
Texte 4 Le renard est gourmand	....

12 Pourquoi peut-on dire que ces histoires se ressemblent ?

13 À quel personnage du *Roman de Renart* ressemblent Till Eulenspiegel et Nasreddin Hodja ? Pour quelles raisons ?

14 Pour quelle raison Ulysse ne s'est-il pas bouché les oreilles comme ses compagnons ? Explique pourquoi cette ruse est particulièrement intelligente.

15 Où et quand les histoires racontées dans les documents se déroulent-elles ? Cite des éléments des textes pour illustrer ta réponse. Explique pourquoi on peut donc dire que la ruse est « universelle ».

Enquêter maintenant

16 Dans l'*Odyssée*, Ulysse est souvent appelé « l'homme aux mille ruses ». Retrouve une autre aventure vécue par ce personnage, dans laquelle il triomphe grâce à sa ruse.

17 Fais des recherches au CDI ou sur Internet : qui étaient Nasreddin Hodja, Scapin, Till Eulenspiegel, Trickster, Guignol ?

18 Quel est le point commun à tous ces personnages d'époques différentes ?

À l'époque du Roman de Renart,
quatre-vingt-dix pour cent de la population

Hommes et animaux au Moyen Âge

L'ENQUÊTE EN 4 ÉTAPES

1 Les animaux domestiqués

Certains animaux vivent à côté des hommes qui utilisent leur force ou les élèvent pour se nourrir : ce sont les animaux « de la maison ».

● QUI PIAILLE DANS LA BASSE-COUR ?

La basse-cour est l'ensemble des volailles élevées dans une ferme. La plupart du temps, les volailles sont gardées à l'abri dans un enclos appelé « gélinier » (au Moyen Âge, on appelait les poules des *gélines*) ou poulailler.

L'élevage des volailles permettait au paysan d'avoir des œufs et de manger, de temps en temps, de la viande. Mais cela arrivait rarement : l'Église imposait le jeûne assez souvent dans l'année. Il fallait donc faire des prières et ne pas manger de viande, en signe de pénitence.

Dans un poulailler on trouvait souvent un coq et des poules, des canards, des oies et des jars. On y voyait aussi parfois des lapins. Mais à l'époque, il n'y avait pas encore de pintade, ni de dinde ou de dindon[1].

Le coq[2] est le chef de la basse-cour ; il règne sur les poules, dressé sur ses ergots. On connaît son cri qui annonce le lever du soleil et sert de réveille-matin. Pendant longtemps, on s'est servi du chant du coq pour avoir une idée approximative de l'heure.

● D'OÙ VIENT LE MOT « BASSE-COUR » ?

Au Moyen Âge, « basse cour » est le nom donné à la cour inférieure du château fort.

Dans la « haute cour » se réfugiaient les hommes et le gros bétail, en cas de danger. Dans la « basse cour », on mettait à l'abri le petit bétail et les volailles. Le nom a été conservé pour désigner l'ensemble des volailles que l'on élève à la ferme, souvent dans une cour située à côté de l'habitation principale.

1. Ces volailles n'ont été introduites en Europe qu'après la découverte de l'Amérique, en 1492.

2. Le coq est l'emblème de la France (on dit « le coq gaulois » pour désigner la France).

● « DANS LE COCHON, TOUT EST BON »

« Dans le cochon, tout est bon », dit un proverbe paysan. Et c'est bien ce que pensaient les vilains* du Moyen Âge. Le plus souvent, le paysan n'avait qu'un cochon, qui vivait près de sa maison. On l'engraissait, puis, en décembre, on le tuait et on mettait sa viande dans un saloir[3] pour la conserver. Avec cette viande salée le paysan et sa famille se nourrissaient pendant toute une année. On comprend donc pourquoi les jambons et les andouilles dont parle *Le Roman de Renart* sont si importants : se faire voler un jambon, c'était une catastrophe.

Les œufs de Pâques

Les œufs remplaçaient assez souvent la viande, si bien qu'ils étaient considérés comme « gras » par l'Église. Pendant le carême (période de 40 jours précédant les fêtes de Pâques), les chrétiens devaient faire pénitence et jeûner, c'est-à-dire manger le moins possible. Interdiction de manger des œufs ! Mais les poules, elles, continuaient à pondre. Pour éliminer les stocks d'œufs devenus trop importants, on prit l'habitude de les décorer et de les offrir à la fin du Carême, c'est-à-dire à Pâques. Aujourd'hui, cette coutume s'est maintenue et on offre des œufs... en chocolat !

Ramassage des œufs, manuscrit allemand du XVe siècle. Paris, BNF.

3. Le sel et le séchage étaient les seuls moyens de conserver la viande : à l'époque, il n'y avait pas d'électricité, ni de conserves.

DES MOUTONS POUR LA LAINE ET LES PARCHEMINS

Le mouton était également un élément de richesse pour le paysan du Moyen Âge : fournissant de la laine, il permettait de s'habiller et de se protéger du froid.

La femme du vilain filait la laine de mouton et la tissait pour faire des étoffes. Les étoffes de laine coûtaient cher et posséder un mouton permettait de bénéficier d'un peu de confort.

Les moines employaient aussi la peau du mouton et en faisaient des parchemins* : cette peau, tannée et amincie, remplaçait le papier. Ils écrivaient dessus à l'aide d'une plume d'oie, et s'ils se trompaient, ils n'avaient qu'à gratter la peau pour tout effacer.

L'organisation de la maison

Les ânes, les vaches et les bœufs sont mis à l'abri dans une étable : c'était souvent une partie de la maison du paysan. Les hommes et les bêtes vivaient ainsi côte à côte. Mais le paysan trouvait cela commode : il profitait de la chaleur dégagée par les animaux, qui lui permettait d'avoir moins froid en hiver.

DANS L'ÉTABLE

Avoir une vache permet d'avoir du lait. Et avec le lait, on fabrique du fromage, élément essentiel de l'alimentation au Moyen Âge. Seuls les vilains les plus riches possédaient une vache, ce qui assurait une partie de l'alimentation et un revenu complémentaire (vendre ses fromages permettait d'obtenir de l'argent pour acheter autre chose).

Où mange le bétail ?

Le bétail aussi doit se nourrir, alors on le laissait paître le long des chemins, car les champs étaient occupés par les cultures.
À l'automne, on abattait une grande partie du troupeau, car on ne pouvait pas nourrir toutes les bêtes, le foin étant d'abord réservé aux chevaux des seigneurs.

L'instrument principal du paysan était sa paire de bœufs. Grâce à un attelage, il pouvait labourer, tirer les choses lourdes.

L'âne servait également de monture pour se déplacer ; il pouvait aussi transporter les choses lourdes et aider aux travaux des champs...

La vie du paysan (extrait du *Livre des Heures Da Costa*), manuscrit exécuté à Bruges vers 1515. New York, The Pierpont Morgan Library.

2 Les animaux de compagnie

Certains animaux font partie de la maison : ils ont gagné le droit d'y vivre en compagnie des humains.

• UN CHAT POUR CHASSER LES SOURIS

Les rats et les souris font d'énormes dégâts dans les réserves de grain et les provisions. Pour se débarrasser des rongeurs, le paysan doit avoir un chat. Il ne le nourrit pas : si le chat veut manger, il n'a qu'à attraper des souris !
Au Moyen Âge, de grandes épidémies de peste[1] font des milliers de victimes ; on ne le sait pas encore, mais ce sont les puces des rats qui donnent cette maladie.

Le chien, meilleur ami de l'homme

L'homme a domestiqué le chien dès la préhistoire. En échange de nourriture, le chien a vite appris à monter la garde, à chasser les intrus et à protéger les troupeaux. Pour cette raison, on dit que le chien est « le meilleur ami de l'homme ».

• DES CHIENS POUR MONTER LA GARDE

D'autres animaux cherchent aussi à voler de la nourriture dans les réserves : fouines, belettes, loirs et renards multiplient les ruses pour trouver à manger. Mais les paysans possèdent des chiens qui montent la garde et pourchassent les intrus. Les seigneurs chassent aussi avec leurs chiens : la meute repère et pourchasse le gibier jusqu'au coup de grâce.

• CHEVAUX DE MONTE ET CHEVAUX DE TRAIT

Le cheval a une grande importance au Moyen Âge. C'est grâce à lui que le chevalier peut se déplacer. Sitôt adoubé[2], le nouveau chevalier enfourche sa monture et part à l'aventure pour montrer son courage et accomplir des prouesses.
Au cours des tournois, le cheval porte les couleurs du chevalier. Il sert aussi de monnaie d'échange :

1. En 1347 commence une terrible épidémie de peste qui fera des millions de morts.

2. Adoubé : fait chevalier.

le vaincu perd son cheval, qu'il donne au vainqueur.

Le chevalier monte sur son destrier pour combattre. Ce cheval très fort peut supporter des poids énormes, jusqu'à 230 kg. Il faut en effet porter le chevalier et son armure, son épée et sa lance, et aussi le harnachement et le caparaçonnage[3].

À la campagne, le cheval sert à porter des charges et remplace les bœufs pour tirer la charrue. On dit alors que c'est un « cheval de trait », résistant et solide.

Vétérinaires et chiens, miniature extraite du *Livre de la Chasse*, de Gaston Phébus, 1387-1389. Paris, BNF.

3. Caparaçonnage : protection en cuir

3 Les animaux sauvages

Au Moyen Âge, les animaux qui ne sont pas domestiqués vivent en liberté, dans les vastes forêts qui couvrent la France. Certains constituent un gibier de choix, réservé exclusivement au seigneur* ; le vilain* n'a pas le droit de chasser ni de toucher aux réserves du seigneur. D'autres sont de dangereux prédateurs, qui nuisent aux récoltes et aux villageois. Ils sont redoutés et on cherche à s'en débarrasser.

● DES FORÊTS GIBOYEUSES[1]

La forêt couvre une grande partie du territoire et le gibier est abondant : cerfs, chevreuils, sangliers, lièvres... Tous ces animaux vivent dans la nature, sans être dérangés par les paysans. Seul le seigneur a le droit de les chasser, car il mange de la viande et méprise les légumes qui sont « réservés » aux vilains et aux serfs*. Le paysan, lui, a seulement le droit de pêcher les poissons des rivières, comme les anguilles ou les lamproies.

● LA CHASSE À COURRE

Quand le seigneur part à la chasse, il rassemble ses chiens pour faire une meute, appelle ses serviteurs et monte sur son cheval. C'est la « chasse à courre » : effrayé par le bruit des hommes et des chiens, le gibier part en courant. Le seigneur le poursuit avec son cheval et le tue d'un coup de couteau ou d'épée.
Parfois aussi, il lance un faucon qu'il utilise comme une arme pour tuer le petit gibier (oiseaux, lièvres ou lapins).

● UN PRIVILÈGE SANS PARTAGE

Le vilain souffre de sa situation : il n'a pas le droit de toucher au gibier et risque de lourdes sanctions s'il est surpris en train de braconner[2]. Il mange mal, se contentant le plus souvent de céréales et de légumes. Ses champs sont souvent dévastés par le seigneur qui, à la poursuite du gibier, ne fait pas attention aux récoltes qu'il abîme avec sa meute.

1. Giboyeuses : riches en gibier.

2. Braconner : chasser sans autorisation

Fauconnier (extrait du *Traité des oiseaux*), manuscrit du XIIIe siècle. Paris, BNF.

Le pouvoir du seigneur

« En divers comtés de Normandie, les paysans formèrent de nombreuses communautés qui prétendaient appliquer leurs propres lois, tant pour l'exploitation des forêts que pour l'usage des eaux. Lorsque le duc l'apprit, il expédia contre eux le comte Raoul avec une multitude de chevaliers. Ceux-ci s'emparèrent de leurs chefs et, après leur avoir coupé mains et pieds, ils renvoyèrent ces hommes devenus bons à rien. Après cette expérience, les paysans retournèrent à leurs travaux. »
(D'après Guillaume de Jumièges, *Histoire des ducs de Normandie*, XIe siècle.)

● LE COUP DE PATTE DE L'OURS

Au Moyen Âge, on rencontre encore très souvent l'ours dans les forêts, en train de ramasser des fruits sauvages et le miel dont il raffole. Cet animal fait peur : il se dresse sur ses pattes arrière, comme un humain, mais il est énorme. Et ses griffes acérées sont redoutables : il peut, d'un coup de patte, tuer un paysan qui le menace.
La chasse à l'ours est réservée au seigneur, qui mange la viande de l'animal et récupère sa fourrure, extrêmement chaude et épaisse.

● LE DÉTESTABLE RENARD

C'est, avec le loup, l'animal le plus détesté par les paysans du Moyen Âge. Reconnaissable à sa fourrure rousse et blanche, il est malin comme tout : il s'attaque aux poulaillers, vole les œufs et les poules, se servant donc directement dans le garde-manger du paysan.
Il est très difficile de lui interdire l'accès des fermes, car, grâce à son intelligence, il trouve toujours un moyen de s'introduire dans la place. Lorsqu'il est pourchassé par les chiens, il arrive souvent à s'échapper.

Mais on parvient parfois à l'acculer dans son terrier et à le déloger. C'est l'occasion alors de récupérer sa fourrure, particulièrement belle : on la vendra sur le marché à un châtelain qui s'en servira pour décorer son manteau ou sa pelisse[3].

● LA PEUR DU LOUP

Au Moyen Âge, beaucoup de loups vivent encore dans les forêts de France.
Poussés par la faim, il leur arrive de s'approcher des troupeaux, dévorant alors moutons et brebis. Quelle perte pour le vilain !
Quand il doit aller dans la forêt pour ramasser du bois ou des fruits sauvages, c'est le loup que le paysan redoute le plus : il a peur de se faire attaquer par cet animal qui, contrairement aux chiens, vit surtout la nuit et hurle à la lune.

Loups (extrait du *Livre de la chasse*, de Gaston Phébus), manuscrit du XVe siècle. Paris, BNF.

Le loup

Le loup s'attaque rarement à l'homme, préférant les bêtes affaiblies ou malades. Cependant, il a toujours été considéré comme un danger terrifiant, au point que son image a été abondamment utilisée dans la littérature : on connaît Le Petit Chaperon rouge. *Le loup est le héros involontaire de cette histoire, où il dévore à la fois la grand-mère et la petite-fille. Il représente le danger, les risques auxquels doivent faire face les enfants et plus particulièrement les petites filles...*
Au Moyen Âge, on croyait que certains hommes se transformaient la nuit et prenaient l'apparence d'un loup : c'étaient les loups-garous.
Longtemps après le Moyen Âge, au XVIIe siècle, plusieurs personnes furent attaquées et tuées dans le Gévaudan (sud-est de la France). Il y eut alors des rumeurs selon lesquelles un loup extraordinaire ou un loup-garou était devenu une sorte de tueur en série.
La population vécut ainsi dans la terreur de « la Bête ». Et depuis cette époque, on parle encore de la Bête du Gévaudan, qui est devenue une légende.

3. **Pelisse :** voir note p. 20.

4 Les représentations symboliques liées aux animaux

Au-delà des dangers que représentent les animaux sauvages, on leur associe souvent des pouvoirs ou des caractéristiques qui sont purement imaginaires.

● ANIMAUX NOBLES ET ANIMAUX BAS

Comme les humains, au Moyen Âge, les animaux sont plus ou moins bien considérés, selon la place qu'ils occupent dans l'univers. De même que le seigneur, sur son cheval, est placé « plus haut » dans la société que le paysan courbé vers le sol, les animaux qui vivent en hauteur ont plus de valeur que ceux qui rampent à terre. Car on considère qu'ils sont plus près de Dieu. Ainsi, le seigneur n'offrira pas de porc à ses invités, car le porc se nourrit des déchets de la basse-cour. Les plats considérés comme les plus délicats sont les oiseaux (cygnes, paons, hérons...) car ils volent haut dans le ciel. Le paon, qui « fait la roue » avec le plumage de sa queue, symbolise même le soleil et l'immortalité. Il est donc très raffiné d'en servir à sa table.

Certains animaux servent aussi à préparer des médicaments : les animaux sont alors choisis en fonction des vertus thérapeutiques qu'on leur prête.

Paon servi lors d'un repas (détail extrait du *Livre des Conquestes et Faits d'Alexandre*), enluminure du XVe siècle. Paris, musée du Petit-Palais.

Les animaux comme médicaments

Au Moyen Âge, on soignait avec des araignées, des fourmis… Sais-tu qu'on utilise encore des animaux pour soigner les gens ? On emploie par exemple la salive des sangsues pour soigner certaines maladies des vaisseaux sanguins. Mais les règles d'hygiène sont, heureusement, bien mieux respectées aujourd'hui.

● LES MONSTRES

Des animaux fabuleux ont aussi leur place dans l'imaginaire du Moyen Âge. Le dragon, par exemple, symbolise toutes les forces du mal, du diable.

Les sculptures qui ornent les cathédrales sont souvent des animaux fantastiques, censés représenter les habitants des enfers. Le paradis, au contraire, est peuplé de créatures ressemblant aux humains, les anges par exemple.

Les gargouilles des églises et des cathédrales, qui servent à évacuer les eaux de pluie, représentent souvent des têtes de diables : le spectacle effrayant de ces monstres en train de cracher de l'eau devait impressionner la population de l'époque et l'inciter à obéir aux religieux, pour ne pas aller en enfer.

● DES PÉCHÉS À TÊTE D'ANIMAUX

Si l'homme s'intéresse autant aux animaux et leur prête des caractéristiques humaines, c'est aussi parce qu'il sait confusément qu'il possède lui-même quelque chose de sauvage et d'animal. Au Moyen Âge, on associe donc les défauts de l'être humain à la partie « animale » qu'il a en lui.

L'Église utilise les animaux pour évoquer les sept péchés capitaux (les péchés à la source de tous les autres péchés) : l'orgueil, l'avarice, la luxure, l'envie, la gourmandise, la colère et la paresse. Ainsi, la gourmandise est associée à l'ours, connu pour sa gloutonnerie. De même, la colère (et la violence qu'elle provoque) est assimilée au sanglier, qui dévaste les champs sur son passage lorsqu'il cherche sa nourriture.

La stryge[1] (détail de Notre-Dame-de-Paris). Photographie prise en 1905.

1. **Stryge** (ou strige) : sorte de vampire mi-

Petit lexique du *Roman de Renart*

Abbaye	Ensemble des bâtiments où habitent des moines.
Abbé	Supérieur d'une abbaye, il fait respecter la règle que doivent suivre les moines.
Art gothique	Style architectural apparu entre le XIIe et le XIIIe siècle (voûtes en ogives, flèches s'élevant vers le ciel, grands vitraux laissant passer la lumière).
Art roman	Style architectural apparu vers le XIe siècle (voûtes en berceau).
Baron	Titre de noblesse accordé par le roi aux chevaliers qui ont accompli des exploits.
Ci-gît	Expression composée de *ci*, « ici » et du vieux verbe gésir, « être étendu ». Souvent gravée sur les pierres tombales, elle signifie « Ici repose/ Ici est enterré... ».
Croisade	Guerre sainte menée au Moyen Âge par les chrétiens contre les musulmans, pour reconquérir le tombeau du Christ à Jérusalem.
Écriture gothique	Écriture à caractères droits, qui remplace, vers le XIIe siècle, l'écriture romane. Les lettres, arrondies dans l'écriture romane, deviennent pointues et anguleuses (voir exemple p. 41).
Clerc	Religieux sachant lire et écrire, chargé de recopier les textes sacrés sur les parchemins.
Enluminure	(Du latin *lumen*, « lumière ».) Dessin servant à illustrer certains passages des textes et à leur donner ainsi un peu de clarté, de lumière.
Fief	Terrain et château donné par un seigneur à son vassal, en échange du serment de fidélité.
Moine	Religieux qui vit en communauté, dans un monastère ou une abbaye. Sa vie est réglée par le travail et la prière.

Parchemin	Peau de chèvre ou de mouton, tannée et amincie, sur laquelle les clercs recopient les textes sacrés.
Parodie	Œuvre qui s'inspire d'une autre œuvre et l'imite pour s'en moquer.
Péché	Transgression de la loi divine. Les chrétiens qui ont péché doivent faire pénitence (se repentir) pour que Dieu leur pardonne.
Pèlerinage	Voyage que fait un fidèle à un lieu saint pour des motifs religieux.
Pénitence	Peine imposée par le prêtre au chrétien qui vient de confesser un péché.
Potence	Assemblage de pièces de bois en équerre servant à suspendre quelque chose. Instrument pour le supplice de la pendaison et, par extension, le supplice lui-même (*être condamné à la potence*).
Satire	Œuvre qui dénonce, par la moquerie, les vices et les ridicules des hommes, ou qui contient une critique politique, sociale, religieuse.
Seigneur	Personne noble qui possède une terre et pour qui travaillent les vilains et les serfs.
Serf	Contrairement aux vilains, les serfs ne sont pas libres. Ils sont attachés à la terre du seigneur et leur personne, leur travail, leurs biens appartiennent au seigneur.
Troubadour, trouvère	Poète qui, au Moyen Âge (XIIe-XIIIe siècle), récitait ses textes, accompagnés de musique, de château en château. Étymologiquement, les deux mots signifient « celui qui trouve, qui invente ». Dans le Sud de la France, on l'appelait *troubadour*, et dans le Nord *trouvère*.
Vassal	Seigneur qui a juré fidélité à un autre seigneur, le suzerain.
Vilain	Paysan libre (il peut choisir d'aller travailler pour un autre seigneur).

À lire et à voir

• LES LIVRES ET LES BANDES DESSINÉES AUTOUR DE RENART

Jean de La Fontaine
Fables (illustrées par Benjamin Rabier)

A. de Saint-Exupéry
Le Petit Prince
Gallimard, 1943

R. Boudet
Le Roman de Renart (adapté pour le théâtre)
École des loisirs, 1988

Fonteneau et Azam
Zinzin des Bois
Milan, 2005

• LES FILMS ET LES DESSINS ANIMÉS AUTOUR DE RENART

Robin des Bois
Dessin animé de Wolfgang Reighterman (1973)

Les Aventures de Zorro
Série télévisée américano-européenne de 88 épisodes (1990-1993)

Le Renard et l'enfant
Film de Luc Jacquet (2007)

Fantastic Mister Fox
Film américain de Wes Anderson (2007)

Classiques et Cie Collège - 6e

Voici les titres que nous proposons pour la classe de 6e, en phase avec les thèmes des nouveaux programmes de culture littéraire et artistique.

● LE MONSTRE, AUX LIMITES DE L'HUMAIN

OVIDE - Persée et autres Métamorphoses

Quatorze récits qui mettent en scène des dieux et des héros célèbres, et nous racontent d'étonnantes métamorphoses, qu'inspire l'amour ou qu'impose un châtiment.

PERRAULT - Contes

Une anthologie des contes les plus célèbres de Perrault : histoires d'ogres, de fées et de princesses...

HAMPÂTE BÂ - La Révolte des bovidés et autres contes de la savane

Dans la savane africaine, on raconte depuis des siècles des histoires merveilleuses qui permettent de comprendre les secrets du monde, la morale humaine et la vie comme elle est...

● RÉCITS D'AVENTURES

STEVENSON - L'Île au trésor

À la mort soudaine de Billy Bones, Jim découvre, dans les affaires du défunt, une carte indiquant l'emplacement d'un trésor sur une île déserte...

CONAN DOYLE — Le monde perdu

Un formidable roman d'aventures, entre science et fiction, qui nous entraîne dans un monde peuplé de terribles créatures préhistoriques.

V. KOENIG - Nitocris, reine d'Égypte

Plongez dans le récit à suspense de la terrible vengeance de la pharaonne Nitocris et découvrez, comme si vous y étiez, l'Égypte au temps des pharaons.

● RÉCITS DE CRÉATION ET CRÉATION POÉTIQUE

Textes de l'Antiquité

Six grandes œuvres de l'Antiquité qui nous interrogent sur l'origine du monde, l'existence d'un au-delà, la distinction entre le Bien et le Mal, la place de l'amitié... : *Le Récit de Gilgamesh, La Bible, l'Iliade, l'Odyssée, l'Énéide* et *les Métamorphoses*.

VIRGILE - L'Énéide

Ayant fui Troie incendiée par les Grecs, Énée erre sur la mer avec ses compagnons, son père Anchise et son fils Ascagne, à la recherche d'une terre où fonder une nouvelle patrie.

● RÉSISTER AU PLUS FORT

HOMÈRE - L'Odyssée

À l'issue de la guerre de Troie, Ulysse, « l'homme aux mille ruses », erre pendant dix ans sur les rivages de la Méditerranée, avant de parvenir à regagner son royaume d'Ithaque.

PERRAULT, SOUPAULT, DIOP - Contes d'ici et d'ailleurs

Six contes de différents continents et de diverses époques. Des contes tour à tour merveilleux, facétieux ou d'inspiration religieuse.

La Farce de Maître Pathelin

Maître Pierre Pathelin a promis à sa femme de lui rapporter une belle étoffe. Mais comment se la procurer sans argent ? En usant de stratagèmes et de belles paroles...

Estula et autres fabliaux

Dix récits qui nous plongent dans la réalité quotidienne de la petite bourgeoisie de la France médiévale. Des histoires où l'on assiste au triomphe de la ruse et de l'esprit sur la puissance de l'argent.

MOLIÈRE - Les Fourberies de Scapin

Grâce à Scapin et à ses inventions ingénieuses, l'amour finit par triompher des pères autoritaires.

Une comédie dont l'objectif est bien de défendre les droits des amoureux et de se moquer des pères trop autoritaires.

Le Roman de Renart

C'est bien Renart, le provocateur universel, qui tient ici la vedette avec quinze aventures et nous fait rire avec ses mille et une ruses.

MOLIÈRE, CAMI, TARDIEU, DEVOS, DUBILLARD - Petites comédies

La Jalousie du Barbouillé, de Molière, *Un beau rôle !* de Cami, *Un mot pour un autre*, de Jean Tardieu, *Tête à queue*, de Raymond Devos et *La Leçon de piano*, de Roland Dubillard : cinq petites comédies qui permettent de découvrir l'histoire du genre et la diversité des formes de comique.

MOLIÈRE - Le Médecin volant suivi de L'Amour médecin

Comment épouser celui qu'on aime quand leur père s'y oppose ? Lucinde et Lucile ont la même idée : feindre la maladie et profiter de la crédulité de leur père.

MOLIÈRE - Le Médecin malgré lui

Pour se venger de Sganarelle, son mari qui boit et qui la bat, Martine raconte qu'il est médecin, mais qu'il faut le battre pour qu'il reconnaisse qu'il l'est...

Le Bourricot, suivi de Pour l'annonce

Un paysan décide de vendre sa femme à la foire en la faisant passer pour un bourricot. Charles Perrault fait passer un entretien d'embauche au Loup, à la Mère-Grand et au Petit Chaperon rouge avant d'écrire son conte...

Table des illustrations

7	ph © Archives Hatier
8	ph © Paris, BNF/Archives Hatier
9	Miniature tirée du « Recueil des traités scientifiques, philosophiques et poétiques », 1276. Paris, Bibliothèque Saint-Geneviève. ph © Raffael/Leemage
12	ph © Universal History/Archive/UIG via Getty images
26	ph © Tallandier Éditions
31, 34, 41, 50, 61	ph © Paris, BNF/Archives Hatier
68	ph © Universal History/Archive/UIG via Getty images
71	ph © Paris, BNF/Archives Hatier
76 à 105	ph © Paris, BNF/Archives Hatier
79, 81	ph © Paris, BNF/Archives Hatier
103	ph © Musée national du Bardo
109	ph © Paris, BNF/Archives Hatier
111	ph © Archives Hatier
113	ph © Photothèque Hachette Livre
115, 116	ph © Paris, BNF/Archives Hatier
117	ph © Agence Bulloz/RMN
118	ph © Archives Alinari, Florence/Fratelli Alinari/Dist. RMN

Cahier central

1	ph © Akg-images
2	ph © Courtesy Walt Disney Productions/Everett/Rue des Archives
3	ph © AFP photo
4	ph © WayBefore

Couverture

Plat 2	ph © The British Library Board/Leemage
Plat 3	ph © Archives du 7e Art/TriStar Pictures/Photo 12

Iconographie : Hatier Illustration
Principe de maquette : Marie-Astrid Bailly-Maître & Sterenn Heudiard
Suivi éditorial : Luce Camus
Illustrations intérieures : Rémi Malingrey
Mise en page : CGI

Achevé d'imprimer par Grafica Veneta à Trebaseleghe - Italie
Dépôt légal 99759-4/04 - Novembre 2019